큰글
한국문학선집

채만식 장편소설

탁류

일러두기

1. 이 책은 채만식의 장편소설로 『조선일보』에 1937년 10월 12일부터 1938년 5월 17일까지 연재된 소설이다.

2. 독자의 이해를 돕기 위하여 편집자 주를 달았다.

3. 이 책(큰글한국문학선집 053: 채만식 장편소설)은 제작 의도에 따라(큰글로 편집) 분량이 많은 관계로 큰글한국문학선집 053-1, 053-2, 053-3으로 분권하였다.

목 차

탁류

(큰글한국문학선집 053-1)

1. 인간기념물

금강(錦江)[1]······.

이 강은 지도를 펴놓고 앉아 가만히 들여다보노라면, 물줄기가 중동께서 남북으로 납작하니 째져 가지고는——한강(漢江)이나 영산강(榮山江)도 그렇기는 하지만——그것이 아주 재미있게 벌어져 있음을 알 수 있다. 한번 비행기라도 타고 강줄기를 따라가면서 내려다보면 또한 그럼직할 것이다.

저 준험한 소백산맥(小白山脈)이 제주도(濟州島)를 건너보고 뜀을 뛸듯이, 전라도의 뒷덜미를 급하게 달리다

---

[1] 전라북도 장수군 장수읍 신무산(神舞山, 897m)에서 발원하여 군산에서 황해로 흘러드는 강이다.

가 우뚝······ 또 한번 우뚝······ 높이 솟구친 갈재[蘆嶺]2)
와 지리산(智異山) 두 산의 산협 물을 받아 가지고 장수
(長水)로 진안(鎭安)으로 무주(茂朱)로 이렇게 역류하는
게 금강의 남쪽 줄기다. 그놈이 영동(永同) 근처에서는
다시 추풍령(秋風嶺)과 속리산(俗離山)의 물까지 받으면
서 서북(西北)으로 좌향을 돌려 충청좌우도(忠淸左右道)
의 접경을 흘러간다.

　그리고 북쪽 줄기는, 좀 단순해서, 차령산맥(車嶺山脈)
이 꼬리를 감추려고 하는 경기(京畿) 충청(忠淸)의 접경
진천(鎭川) 근처에서 청주(淸州)를 바라보고 가느다랗게
흘러내려오다가 조치원(鳥致院)을 지나면 거기서 비로소
오래 두고 서로 찾던 남쪽 줄기와 마주 만난다.

　이렇게 어렵사리 서로 만나 한데 합수3)진 한 줄기 물
은 게서부터 고개를 서남으로 돌려 공주(公州)를 끼고
계룡산(鷄龍山)을 바라보면서 우줄거리고 부여(扶餘)
로······ 부여를 한 바퀴 휘돌려다가는 급히 남으로 꺾여
단숨에 논메[論山], 강경이[江景]까지 들이닫는다.

---

2) 노령재(높이 276m). 전라북도 정읍시 입암면과 전남 장성군 북이면 사이에 있는
　고개로, 노령산맥을 가로질러 호남평야와 전남평야를 잇는 주요 교통로이다.
3) 合水. 여러 갈래의 물이 한데 모여 흐름, 또는 그렇게 흐르는 물.

여기까지가 백마강(白馬江)이라고, 이를테면 금강의 색동이다. 여자로 치면 흐린 세태에 찌들지 않은 처녀적이라고 하겠다.

백마강은 공주 곰나루[熊津]에서부터 시작하여 백제(百濟) 흥망의 꿈자취를 더듬어 흐른다. 풍월도 좋거니와 물도 맑다.

그러나 그것도 부여 전후가 한창이지, 강경에 다다르면 장꾼들의 흥정하는 소리와 생선 비린내에 고요하던 수면의 꿈은 깨어진다. 물은 탁하다.

예서부터가 옳게 금강이다. 향은 서서남(西西南)으로, 빗밋이 충청·전라 양도의 접경을 골타고 흐른다.

이로부터서 물은 조수(潮水)⁴⁾까지 섭쓸려 더욱 흐리나 그득하니 벅차고, 강 넓이가 훨씬 퍼진 게 제법 양양하다.

이름난 강경벌은 이 물로 해서 아무 때고 갈증을 잊고 촉촉하다.

낙동강이니 한강이니 하는 다른 강들처럼 해마다 무서운 물난리를 휘몰아 때리지 않아서 좋다. 하기야 가끔

---

4) 미세기(밀물과 썰물을 통틀어 이르는 말).

홍수가 나기도 하지만.

이렇게 에두르고 휘돌아 멀리 흘러온 물이, 마침내 황해(黃海) 바다에다가 깨어진 꿈이고 무엇이고 탁류째 얼러 좌르르 쏟아져 버리면서 강은 다하고, 강이 다하는 남쪽 언덕으로 대처(大處: 市街地)5) 하나가 올라앉았다.

이것이 군산(群山)이라는 항구요, 이야기는 예서부터 실마리가 풀린다.

그러나 항구라서 하룻밤 맺은 정을 떼치고 간다는 마도로스의 정담이나, 정든 사람을 태우고 멀리 떠나는 배 꽁무니에 물결만 남은 바다를 바라보면서 갈매기로 더불어 운다는 여인네의 그런 슬퍼도 달코롬한 이야기는 못된다.

벗어붙이고 농사면 농사, 노동이면 노동을 해먹고 사는 사람들과 마찬가지로, '오늘'이 아득하기는 일반이로되, 그러나 그런 사람들과도 또 달라 '명일(明日)'6)이 없는 사람들…… 이런 사람들은 어디고 수두룩해서 이곳에도 많이 있다.

---

5) 도회지(都會地, 사람이 많이 살고 상공업이 발달한 번잡한 지역).
6) 내일.

정주사(丁主事)도 갈 데 없이 그런 사람이다.

정주사는 시방 미두[7]장(米豆場: 米穀取引所, 期米市場) 앞 큰길 한복판에서, 다 같은 '하바꾼(절치기꾼)'[8]이로되 나이 배젊은 애송이한테, 멱살을 당시랗게 따잡혀 가지고는 죽을 봉욕을 당하는 참이다.

시간은 오후 두시 반, 후장(後場)의 대판시세 이절(大阪時勢二節)이 들어오고 나서요, 절기는 바로 오월 초생.

싸움은 퍽 단출하다. 안면 있는 사람들이 없는 바는 아니지만, 누구 하나 나서서 말리지도 않는다.

지나가던 상점의 심부름꾼 아이 하나가 자전거를 반만 내려서 오도카니 바라보고 섰는 것이 그림의 첨경(添景)[9] 같아 더욱 호젓하다.

휘둘리는 정주사의 머리에서, 필경 낡은 맥고모자가 건뜻 떨어져 마침 부는 바람에 길바닥을 대그르르 굴러간다. 미두장 정문 앞 사람 무더기 속에서 웃음 소리가 와아 하고 터져 나온다.

미두장은 군산의 심장이요, 전주통(全州通)이니 본정

---

7) 현물 없이 쌀을 팔고 사는 일. 실제 거래를 목적으로 하는 것이 아니라 쌀의 시세를 이용하여 약속으로만 거래하는 일종의 투기 행위이다.
8) 밑천 없이 투기하는 이를 이르는 말.
9) 첨가 인물.

통(本町通)이니 해안통(海岸通)이니 하는 폭넓은 길들은 대동맥이다. 이 대동맥 군데군데는 심장 가까이, 여러 은행들이 서로 호응하듯 옹위하고 있고 심장 바로 전후 좌우에는 중매점(仲買店)들이 전화줄로 거미줄을 쳐놓고 앉아 있다.

정주사는 자리하고도 이런 자리에서 봉변을 당하는 참이다.

그러나 미두장 앞에서 일어난 싸움이란 빤히 속을 알조다. 그런 싸움은 하루에도 으레 한두 패씩은 얼려 붙는다.

소위 '총을 놓았다'는 것인데, 밑천10) 없이 안면만 여겨 돈을 걸지 않고 '하바'를 하다가 지고서 돈을 못 내게 되면, 그래 내라거니 없다거니 하느라고 시비가 되어, 툭탁 치고 받고 한다. 촌이라면 앞뒷집 수탉끼리 암컷 샘에 후두둑후두둑하는 닭싸움만치나 예삿일이다.

해서 아무리 이런 큰길바닥에서 의관깨나 한 사람들끼리 멱살을 움켜잡고 얼러붙은 싸움이라도 그리 할 일이 없어서 심심한 사람이 아니면 별반 구경하는 사람도 없다.

---

10) 어떤 일을 하는 데 바탕이 되는 돈이나 물건, 기술, 재주 따위를 이르는 말.

다 알고 지내는 같은 '하바꾼'들은 싸움을 뜯어말리기 커녕, 중매점 처마 밑으로 미두장 정문 앞으로, 넌지시 비켜 서서, 흰머리가 희끗희끗 장근 오십의 중늙은이 정주사가 자식뻘밖에 안 되는 애송이한테 그런 해거를 당하는 것을 되레 고소하다고 빈정거리기만 한다.

－－밑천도 없어 가지고 구성없이 덤벼들어, 남 골탕 멕이기 일쑤더니, 그저 잘꾸사니야!

－－정주산지 고무래주산지 인제는 제발 시장 근처에 오지 말래요.

－－저 영감님 저러다가는 생죽음하겠어!

－－어쩔라구들 저래!

－－두어 두게. 제 일들 제가 알아서 할 테지. 때애가면 둘 다 콩밥인걸.

정주사는, 멱살을 잡은 애송이의 팔목에 가 대룽대룽 매달려 발돋움을 친다. 목을 졸려서 얼굴빛은 검푸르게 죽고, 숨이 막혀 캑캑 기침을 배앝는다.

낡은 맥고모자는 아까 벌써 길바닥에 굴러 떨어졌고, 당목 홑두루마기는 안팎 옷고름이 뜯어져서 잡아 낚는 대로 주정뱅이처럼 펄럭거린다.

"여보게 이 사람, 여보게!"

"보긴 무얼 보라구 그래? 보아야 그 상판이 그 상판이지 별것 있나?…… 잔말 말구 돈이나 내요."

"글쎄 여보게, 이건 너무 창피하지 않은가! 이걸 놓고 조용조용 이야기를 하세그려, 응? 이건 놓게."

"흥! 놓아 주면 뺑소니를 칠 양으루? 어림없어…… 돈 내요. 안 내면 깝대기를 벳겨 놀 테니……."

"글쎄 이 사람아! 이런다구 없는 돈이 어디서 솟아나나?"

"요ー런 얌체 빠진 작자 같으니라구! 왜, 그럼 돈두 없으면서 덤볐어? 덤비기를…… 그랬다가 요행 바루 맞으면 올개미 없는 개장수를 할 양으루?…… 그리구 고 꼴에 허욕은 담뿍 나서, 머? 오십 전이야 차마 하겠나? 일 원은 해야지?…… 고런 어디서…… 아이구! 그저 요 걸 그것……."

애송이는 뺨을 한 대 갈길 듯이, 멱살 잡지 않은 바른편 팔을 번쩍 쳐들어 넓죽한 손바닥을 들이대면서 얼러 멘다. 정주사는 그것을 피하려고 고개를 오므라뜨리면서 엉겁결에 손을 내민다. 그 꼴이 하도 궁상스럽대서 하하하 웃음 소리가 사방에서 터져 나온다.

그때 마침 ××은행 군산지점(群山支店)의 당좌계(當座

係)에 있는 고태수(高泰洙)가, 잠깐 다니러 나왔는지 맨머리로 귀 위에 철필대[11]를 꽂고 슬리퍼를 끌고 미두장 앞을 지나다가 싸움 열린 것을 보더니 멈칫 발길을 멈춘다. 그러자 또, 미두장 안에서는 중매점 '마루강(丸江)'의 '바다지(場立)'[12]로 있는 곱사 장형보(張亨甫)가 끼웃이 밖을 내다보다가, 태수가 온 것을 보고 메기같이 째진 입으로 히죽히죽 웃는다.

"자네 장랫장인[13] 방금 죽네, 방금 죽어, 어여 쫓아가서 말리게. 괜히 소복 입구 장가들게 되리!…… 어여 가서 뜯어말리라니깐 그래!"

모여 섰던 사람들은, 태수를 아는 사람이고 모르는 사람이고, 모두 돌려다보면서 빙긋빙긋 웃는다.

태수는 형보더러 눈을 흘기면서도 함께 웃는다. 그는 형보 말대로 싸움을 말려 주고는 싶어도 형보가 방정맞게 여럿이 듣는 데서 그런 말을 씨월거려[14] 놔서 차마 열적어 선뜻 내닫지 못하는 눈치다. 그러나 그것도 잠깐

---

11) 펜대.
12) 증권사인 중매점의 시장 대리인으로, 여기에서는 군산미곡취인소 또는 군산미두장에 가서 거래를 성사시키는 증권사 직원.
13) 장래의 장인.
14) 경상도 사투리로 알려진 '씨부리다'의 변형.

이요, 형보한테 빙긋 한번 더 웃어 보이고는 싸움 열린 길 가운데로 슬리퍼를 직직 끌고 건너간다.

"이건 무얼 이래요!…… 점잖찮게스리. 이거 노시오."

태수는 정주사의 멱살을 잡은 애송이의 팔목을, 말하는 말조보다는 우악스럽게 훑으려 쥔다.

정주사는 점직해서, 안 돌아가는 고개를 억지로 돌리고, 애송이는 좀 머쓱하기는 하면서도 멱살은 놓지 않는다.

"아−니, 이런 경우가 어디 있어요?…… 나이깨나 좋이 먹어 가지구는……."

"노라면 놔요!"

버럭 소리를 지르면서 태수는 쥐었던 애송이의 팔목을 잡아 낚는다.

"……잘잘못은 누게 있던지, 그래 댁은 부모도 없수? 젊은 친구가 나이 자신 분한테 이런 행패를 하게."

몰아 대면서 거듭떠보는 태수의 눈살은 졸연15)찮게 팽팽하다.

애송이는 할 수 없이 멱살을 놓고 물러선다.

"그렇지만 경우가 그렇잖거던요!"

---

15) 猝然. 갑작스럽게. 까다롭거나 힘들지 않고 쉽게.

"경우가 무슨 빌어먹을 경우람? 누구는 그 속 모르는 줄 아우? 하바하다가 총 났다구 그러지?…… 여보, 그렇게 경우가 밝구 하거던 애여 경찰서루 가서 받아 달래구려!"

"허어 참!"

애송이는 더 성구지 못하고 돌아서서 미두장 정문께로 가면서, 혼자 무어라고 두런두런 두런거린다.

정주사는 검다 희단 말이 없이 모자를 집어 들고 건너편의 중매점 앞으로 간다. 중매점 문 앞에 두엇이나 모여 섰던 하바꾼들은, 정주사의 기색이 하도 암담한 것을 보고, 입때까지 조롱하던 낯꽃을 얼핏 고쳐 갖는다.

"담배 있거들랑 한 개 주게!"

정주사는 누구한테라 없이 손을 내밀면서 한데를 바라보고 우두커니 한숨을 내쉰다.

여느때 같으면,

"담배 뺐겼수?"

하고 조롱을 하지 단박에는 안 줄 것이지만, 그 중 하나가 아무 말도 없이 마코 한 개를 꺼내 준다.

정주사는 담배를 받아 붙여 물고 연기째 길게 한숨을 내뿜으면서 넋을 놓고 먼 하늘을 바라본다.

광대뼈가 툭 불거지고, 훌쭉 빠진 볼은 배가 불러도 시장만 해보인다. 기름기 없는 얼굴에는 오월의 맑은 날에도 그늘이 진다. 분명찮은 눈을 노상16) 두고 깜작거리는 것은 괜한 버릇이요, 그것이 마침감17)으로 꼴이 더 궁상스럽다.

못생긴 노랑수염이 몇 낱 안 되게 시늉만 자랐다. 그거나마 정주사는 잊지 않고 자주 쓰다듬는다.

정주사가 낙명이 되어 한숨만 거듭 쉬고 서서 있는 것이 그래도 보기에 딱했던지 마코를 선심 쓰던 하바꾼이 부드러운 말로 위로를 하는 것이다.

"어서 댁으루 가시오. 다아 이런 데 발을 딜여 놓자면 그런 창피 저런 창피 보기도 예사지요. 옷고름이랑 저렇게 뜯어져서 못쓰겠소. 어서 댁으루 가시오."

정주사는 대답은 안 하나 비로소 정신이 들어, 모양 창피하게 된 두루마기 꼴을 내려다본다. 옆으로 위로하던 하바꾼이 한번 더 선심을 내어 중매점 안으로 들어가더니 핀을 얻어 가지고 나와서, 두루마기 고름 뜯어진 것을 제 손으로 찍어매 준다.

---

16) 언제나 변함없이 한 몽양으로 줄곧. '아주' 또는 '줄곧'의 북한어.
17) 마침맞은 사물이나 일.

미두장 정문 옆으로 비켜서서 형보와 무슨 이야기를 하느라고 고개를 맞대고 있던 태수가, 정주사가 서 있는 앞을 지나면서 일부러 외면을 해준다. 정주사도 외면을 한다.

태수가 저만치 멀리 갔을 때 정주사는 비로소,

"으흠."

가래 끓는 목 가다듬을 한번 하더니 ××은행이 있는 데께로 천천히 걸어간다. 다섯 자가 될락말락한 키에 가슴을 딱 버티고 한 팔만 뒷짐을 지고, 그리고 짝 바라진 여덟 팔자 걸음으로 아장아장 걸어가는 맵시18)란 누구더러 보라고 해도 시장스런 꼴이다.

푸른 지붕을 이고 섰는 ××은행 앞까지 가면 거기서 길은 네거리가 된다. 이 네거리에서 정주사는 바른편으로 꺾이어 동녕고개 쪽으로 해서 자기 집 '둔뱀이'로 가야 할 것이지만, 그러지를 않고 왼편으로 돌아 선창께로 가고 있다.19)

뒤에서 보고 있던 하바꾼이, 빈정거리는 말인지 걱정

---

18) 모양새.
19) 정주사는 미두장에서 봉변을 당하고, 동녕고개, 개복동, 콩나물고개, 둔뱀이를 거쳐 집에 당도한다.

하는 말인지 혼자말로, 저 영감 자살하구 싶은가 봐? 그러길래 집으루 안 가고 선창으루 나가지, 하고 웃으면서 돌아선다.

앞뒷동이 뚝 잘려서 도무지 어떻게 할 도리가 없는 게 정주사네다. 그러나마 식구가 자그마치 여섯.

스물한 살 먹은 맏딸 초봉(初鳳)이를 우두머리로, 열일곱 살 먹은 작은딸 계봉(桂鳳)이, 그 아래로 큰아들 형주(炯柱) 이 애가 열네 살이요, 훨씬 떨어져서 여섯 살 먹은 병주(炳柱), 이렇게 사남매에, 정주사 자기네 내외 해서 옹근 여섯 식구다.

이 여섯 식구가, 아이들까지도, 입은 자랄 대로 다 자라, 누구 할 것 없이 한 그릇 밥을 내놓지 않는다.

그러니, 한 달에 쌀 오통 한 가마로는 모자라고 소불하엿 말은 들어야 한다.

또, 나무도 사 때야 하지, 아무리 가난하기로 등짐장수처럼 길가에서 솥단지밥을 해먹는 바 아니니 소금만 해서 먹을 수는 없고, 하다못해 콩나물 일 전 어치나 새우젓 꽁댕이[20]라도 사먹어야지, 옷감도 더러는 끊어야지,

---

20) 꼬랑이(꼬리를 낮잡아 이르는 말).

집세도 치러야지.

그런데다가 정주사의 부인 유씨(兪氏)라는 이가 자녀들에 대한 승벽이 유난스러, 머리를 싸매 가면서 공부를 시키는 판이다. 그래서 맏딸 초봉이는 보통학교를 마친 뒤에 사립으로 된 삼년제의 S여학교를 다녀 작년 봄에 졸업을 했고, 계봉이는 그 S여학교 삼학년에 다니는 중이고, 형주가 명년 봄이면 보통학교를 마치는데, 저는 인제 서울로 올라가서 어느 상급학교엘 다니겠노라고 지금부터 조르고 있고 한데, 그러고도 유씨는 막내동이 병주를 지난 사월에 유치원에 들여보내지 못한 게 못내 원통해서, 요새로도 생각만 나면 남편한테 그것을 뇌사리곤 한다.

이러한 적지 않은 세간살이건만, 정주사는 명색 가장이랍시고 벌어들인다는 것이 가용의 십분지 일도 대지를 못한다.

일찍이 정주사는, 겨우 굶지나 않는 부모의 덕에, 선비네 집안의 가도대로, 하늘천 따지의 천자를 비롯하여 사서니 삼경이니를 다 읽었다. 그러고 나서 세태가 바뀌니 '신학문'도 해야 한다고 보통학교도 졸업은 했다.

정주사의 선친은 이만큼 '남부끄럽지 않게' 아들을 공

부를 시켰다. 그러나 조업은 짙은 것이 없었다. 그것도 있기만 있었다면야 달리 찢길 데가 없으니 고스란히 정주사에게로 물려 내려왔겠지만 별로 우난 것이 없었다.

지금으로부터 열두 해 전, 정주사가 강 건너 서천(舒川) 땅에서 이곳 군산으로 이사를 해 올 때, 그의 선대의 유산이라고는 선산(先山) 한 필에, 논 사천 평과 집 한 채 그것뿐이었었다. 그때에 정주사는 그것을 선산까지, 일광지지만 남기고, 모조리 팔아서 빚을 뚜드려 갚고 나니, 겨우 이곳 군산으로 와서 팔백 원짜리 집 한 채를 장만할 밑천과 돈이나 한 이삼백 원 수중에 떨어진 것뿐이었었다.

정주사의 선친은 그래도 생전시에 생각하기를, 아들을 그만큼이나 흡족하게 '신구 학문'을 겸해 가르쳤으니 선비의 집 자손으로 어디 내놓아도 낯 깎일 일이 없으리라고 안심을 했고, 돌아갈 때에도 편안히 눈을 감았다.

미상불[21] 이십사오 년 전, 일한합방 바로 그 뒤만 해도 한문장이나 읽었으면, 사 년짜리 보통학교만 마치고도 '군서기[郡雇員]' 노릇은 넉넉히 해먹을 때다.

그래서 정주사도 그렇게 했었다. 스물세 살에 그곳 군

---

21) 未嘗不(아닌 게 아니라 과연).

청에 들어가서 서른다섯까지 옹근 열세 해를 군서기를 다녔다. 그러나 열세 해 만에 도태를 당하던 그날까지 별수없는 고원이었었다.

아무리 연조가 오래서 사무에 능해도, 이력 없는 한낱 고원이 본관이 되고, 무슨 계(係)의 주임이 되고, 마지막 서무주임을 거쳐 군수가 되고, 이렇게 승차를 하기는 용이찮은 노릇이다. 더구나 정주사쯤의 주변으로는 거의 절대로 가망 없을 일이다.

정주사는, 청춘을 그렇게 늙힌 덕에 노후(老朽)라는 반갑잖은 이름으로 도태를 당하고 말았다. 그러고 보니 처진 것은, 누구 없이 월급쟁이에게는 두억시니²²⁾같이 붙어 다니는 빚[負債]뿐이었었다.

그 통에, 정주사는 화도 나고 해서 생화도 구할 겸 얼마 안 되는 전장을 팔아 빚을 가리고 이 군산으로 떠나 왔던 것이요, 그것이 꼭 열두 해 전의 일이다.

군산으로 건너와서는, 은행을 시초로 미두중매점이며 회사 같은 데를 칠 년 동안 두고 서너 군데나 드나들었다. 그러다가 마침내 정말 노후물의 처접을 타고 영영 월급

---

22) 모질고 사나운 귀신의 하나.

세민층에서나마 굴러 떨어지고 만 것이 지금으로부터 다섯 해 전이다.

그런 뒤로는 미두꾼으로, 미두꾼에서 다시 하바꾼으로.

오월의 하늘은 티끌도 없다.

오후 한나절이 겨웠건만 햇볕은 늙지 않을 듯이 유장하다.

훤하게 터진 강심에서는 싫지 않게 바람이 불어온다. 오월의 바람이라도 강바람이 되어서 훈훈하기보다 선선하다.

날이 한가한 것과는 딴판으로, 선창은 분주하다.

크고 작은 목선들이 저마다 높고 낮은 돛대를 웅긋중긋 떠받고 물이 안 보이게 선창가로 빡빡이 들이 밀렸다.

칠산바다에서 잡아 가지고 들어온 젖조기가 한창이다. 은빛인 듯 싱싱하게 번적이는 준치도 푼다.

배마다 셈 세는 소리가 아니면 닻 감는 소리로 사공들이 아우성을 친다. 지게 진 짐꾼들과 광주리를 인 아낙네들이 장속같이 분주하다.

강안(江岸)으로 뻗친 찻길에서는 꽁지 빠진 참새같이 방정맞게 생긴 기관차가, 경망스럽게 달려다니면서 빽빽 성급한 소리를 지른다. 그럴라치면 멀찍이 강심에서는 커다랗게 드러누운 기선이, 가끔가다가 우웅하고 내숭스 럽게 대답을 한다.

준설선이 저보다도 큰 크레인을 무겁게 들먹거리면서 시커먼 개흙을 파올린다.

마도로스의 정취는 없어도 항구는 분주하다.

정주사는 이런 번잡도 잊은 듯이 강가로 다가서서 초 라한 수염을 바람에 날리고 있다.

강심으로 똑딱선이 통통거리면서 떠온다. 강 건너로 아물거리는 고향을 바라보고 섰던 정주사는 눈이 똑딱선 을 따른다.

그는 열두 해 전 용댕이[龍塘]에서 가권을 거느리고 저 렇게 똑딱선으로 건너오던 일이 우연히 생각났다. 곰곰 이 생각은 잦아지다가, 그래도 그때는 지금보다는 나았 느니라 하면, 옛날이 그리워진다. 이윽고 기름기 없는 눈시울로 눈물이 괸다.

정주사가 미두의 속을 알기는, 중매점의 사무를 보아 주던 때부터지만 그것에 손을 대기는 훨씬 뒷엣일이다.

그가 처음 군산으로 올 때만 해도, 집은 내 것이겠다, 아이들이라야 셋이라지만 모두 어리고, 또 그런대로 월 급도 받거니와 집을 사고 남은 돈이 이삼백 원이나 수중에 있어, 그다지 군졸하게 지내지는 않았었다.

그러던 것이, 한 해 두 해 지나노라니까, 아이들은 자라고 학비까지 해서 용은 더 드는데, 직업을 바꿀 때마다 월급은 줄고, 그러는 동안에 오늘이 어제보다 못한 줄은 모르겠어도, 금년이 작년만 못하고, 작년이 재작년만 못한 것은 완구히 눈에 띄어, 살림은 차차 꿀려 들어가기 시작했다. 하다가 마침내 푸달진[23] 월급자리나마 영영 떨어지고 나니, 손에 기름은 말랐는데, 식구는 우그르하고, 칠팔 년 월급장사로 다시금 빚밖에 남은 것이 없었다.

정주사는 두루두루 생각했으나 별수가 없고, 그때는 벌써 은행에 저당 들어간 집을 팔아 은행빚을 추린 후에, 나머지 한 삼백 원이나를 손에 쥐었다. 이때부터 정주사는 미두를 하기 시작했었다.

미두를 시작하고 보니, 바로 맞는 때도 있고 빗맞는 때도 있으나, 바로 맞아 이문을 보는 돈은 먹고 사느라고 없어지고 빗맞을 때에는 살 돈이 떨어져 나가곤 하기 때문에 차차로 밑천이 졸아들었다.

그래서, 제주말[濟州馬]이 제 갈기를 뜯어먹는다는 푼

---

23) 푸달지다: '푸닥지다(비꼬는 뜻으로 꽤 많다)'의 잘못.

수로, 이태 동안에 정주사의 본전 삼백 원은 스실사실 다 발아 버리고 말았다. 그러나 삼백 원 밑천을 가지고 이태 동안이나 갉아먹고 살아온 것은 헤펐다느니보다도, 오히려 정주사의 담보 작고 큰돈 탐내지 못하는 규모 덕이라 할 것이었었겠다.

밑천이 없어진 뒤로는 전날 미두장에서 사귄 친구라든지, 혹은 고향에서 미두를 하러 온 친구가 소위 미두장 인심이라는 것으로, 쌀이나 한 백 석, 오십 원 증금(證金)[24]으로 붙여 주면, 그놈을 가지고 약삭빨리 요리조리 돌려 놓아 가면서 한 달이고 두 달이고 매일 돈 원씩, 이삼 원씩 따먹다가 급기야는 밑천을 떼고 물러서고, 이렇게 하기를 한 일년이나 그렁저렁 지내 왔다.

그러다가 다시, 오늘 이날까지 꼬박 이태 동안은, 그것도 사람이 궁기가 드니까 그렇겠지만 어느 누구 인사엣 말로라도 쌀 한번 붙여 주마고 하는 친구 없고, 해서 마치 무능한 고관 퇴물이 ××원으로 몰려가듯이, 밑천 없는 정주사는, 그들의 숙명적 코스대로 하릴없이 하바꾼으로 굴러 떨어져, 미두장이의 하염없는 여운(餘韻)을 읊

---

24) 담보로 거는 돈.

고 지내는 판이다.

그러나 많고 적고 간에 그것도 노름인데, 그러니 하는 족족 먹으란 법은 없다. 가령 부인 유씨의 바느질삯 들어온 것을 한 일 원이고 욹아 내든지, 미두장에서 어릿어릿하다가 안면 있는 친구한테 개평으로 일이 원이고 떼든지 하면, 좀이 쑤셔서도 하바를 하기는 하는데, 그놈이 운수가 좋아도 세 번에 한 번쯤은 빗맞아서 액색한 그 밑천을 홀랑 불어먹고라야 만다. 노름이라는 것은 잃는 것이 밑천이요, 그러므로 잃을 줄 알면서도 하는 것이 미두꾼의 담보란다.

하바를 할 밑천이 없으면 혹은 개평이라도 뜯어 밑천을 할까 하고, 미두장엘 간다. 그렇지 않더라도 먹고 싶은 담배나 아편의 인에 몰리듯이 미두장에를 가보기라도 않고서는 궁금해 못 배긴다.

정주사도 어제 오늘은 달랑 돈 십 전이 없으면서 그래도 요행수를 바라고 아침부터 부옇게 달려나와 비잉빙 돌고 있었다.

그러나 수가 있을 턱이 없고, 그럭저럭 장은 파하게 되어 오고, 초조한 끝에,

"에라 살판이다."

고 전에 하던 버릇을 다시 내어, 그야말로 올가미 없는 개장수를 한번 하쟀던 것이 계란에도 뼈가 있더라고 고놈 꼭 생하게만 된 후장[25]이절(後場二節)의 대판시세가, 옜다 보아란 듯이 달칵 떨어져서, 필경은 그 흉악한 봉욕을 다 보게까지 되었던 것이다.

정주사는 마침 만조가 되어 축제 밑에서 늠실거리는 강물을 내려다본다.

그는, 죽지만 않을 테라면은 시방 그대로 두루마기를 둘러쓰고 풍덩 물로 뛰어들어 자살이라도 해보고 싶은 마음이다.

젊은 녀석한테 대로상에서 멱살을 따잡혀, 들을 소리, 못 들을 소리 다 듣고 망신을 한 것이야 물론 창피다. 그러나 그러한 창피까지 보게 된 이 지경이니 장차 어떻게 해야 살아가느냐 하는 것이, 창피고 체면이고 다 접어놓고, 앞을 서는 걱정이다.

"어린 자식들을 데리고 어떻게 살어가나?"

이것은 아무리 되씹어도 별 뾰족한 수가 없고, 죽어 없어져서, 만사를 보지 않고, 듣지 않고, 생각지 않고 하

---

25) 증권거래소에서 오후에 열리는 거래.

는 도리뿐이다.

미상불 그래서 정주사는 막막한 때면,

"죽고 싶다."

"죽어 버리자."

이렇게 벼른다. 그러나 막상 죽자고 들면 죽을 수가 없고, 다만 죽자고 든 것만이 마치 염불이나 기도처럼 위안과 단념을 시켜 준다. 이러한 묘리[26]를 체득한 정주사는 그래서 이제는 죽고 싶어하는 것이 하나의 행티가 되어 버렸던 것이다.

정주사는 흥분했던 것이 사그라지니 그제야 내가 왜 청승맞게 강변에 나와서 이러고 섰을꼬 하는 싱거운 생각에, 슬며시 발길을 돌이킨다. 그러나 언제 갈 데라야 좋으나 궂으나 집뿐인데, 집안일을 생각하면 다시 걸음이 내키지를 않는다.

어제 저녁에 싸라기 한 되로 콩나물죽을 쑤어 먹고는 오늘 아침은 판판 굶었다. 시방 집으로 간댔자, 처자들의 시장한 얼굴들이 그래도 행여 하고, 가장이요 부친인 자

---

26) 妙理(묘한 이치).

기를 기다리고 있을 판이다. 다만 십칠 전짜리 현미싸라기 한 되라도 사가지고 갔으면, 들어가는 사람이나 기다리는 식구들이나 기운이 나련만 그것조차 마련할 도리가 없다.

정주사는 ××은행 모퉁이까지 나와 미두장께를 무심코 돌려다보다가 얼른 외면을 하면서,

"내가 네깐놈의 데를 다시는 발걸음인들 허나 보아라!"

누가 굳이 오라고를 할세 말이지, 그러나 이렇게 혼자서라도 옹심을 먹어 두어야 조금은 속이 후련해진다.

그것은 이번이 처음이 아니다.

그저 가끔 밑천 없이 하바를 하다가 도화를 부르고는 젊은 사람들한테 여지없이 핀잔을 먹고, 그런 끝에 그 잘난 수염도 잡아 끄들리고 그 밖에도 별별 창피가 비일비재다.

그래서 작년 가을에는, 내가 이럴 일이 아니라 차라리 벗어붙이고 노동을 해먹는 게 옳겠다고, 크게 용단을 내어 선창으로 나와서 짐을 져본 일이 있었다.

그러나 체면이라는 것 때문에 일껏 용기를 내어 가지고 덤벼든 막벌이 노동도 반나절을 못 하고 작파해 버렸다.

힘이 당해 낼 수가 없었던 것이다. 그는 반나절 동안 배에서 선창으로 퍼올리는 짐을 지다가 거진[27] 죽어 가지고 집으로 돌아가서는 그 길로 탈이 난 것이, 십여 일이나 갱신 못 하고 앓았다. 집안에서들은, 여느 그저 몸살이거니 하고 걱정은 했어도, 그날 그러한 기막힌 내평이 있었다는 것은 종시 알지 못했다.

그런 뒤로부터 막벌이 노동을 해먹을 생심은 다시는 내지도 못했다. 못 하고 그저 창피하나따나, 벌이야 있으나 없으나, 종시 미두장의 방퉁이[28]꾼으로 지냈고, 양식을 구하지 못하는 날은 처자식들을 데리고 앉아 굶고, 이렇게를 사는 참이다.

입만 가졌지 손발이 없는 사람…… 이것이 정주사다.

진도라고 하는 섬에서 나는 개[珍島犬]하며, 금강산의 만물상이며, 삼청동 숲속에서 울고 노는 새들이며, 이런 산수고 생물이고 간에 천연으로 묘하게 생긴 것이면 '천연기념물(天然紀念物)'이라고 한다.

그럴 바이면 입만 가졌지 수족이 없는 사람, 정주사도 기념물 속에 들기는 드는데, 그러나 사람은 사람이니까

---

27) '거의', '거의 다'의 사투리.
28) 바보를 낮잡아 이르는 말.

'천연기념물'은 못 되고 그러면 '인간기념물(人間紀念物)'
이겠다.

정주사는 내키지 않는 걸음을 천천히 걸어 전주통(全州
通)이라고 부르는 동녕고개를 지나 경찰서 앞 네거리에
이르렀다. 거기서 그는 잠깐 망설인다. 탑삭부리[29] 한참
봉(韓參奉)네 집 싸전가게[30]를 피하자면, 좀 돌더라도 신
흥동(新興洞)으로 둘러 가야 한다.

그러나 묵은 쌀값을 졸릴까 봐서 길을 피해 가고 싶던
그는 도리어, 약차하면 졸릴 셈을 하고라도 눈치를 보아
외상쌀이나 더 달래 볼까 하는 억지가 나던 것이다.

정주사는 요새 정거장으로부터 시작하여 새로 난 소화
통이라는 큰길을 동쪽으로 한참 내려가다가 바른손편으
로 꺾이어 개복동(開福洞) 복판으로 들어섰다.

예서부터가 조선 사람들이 모여 사는 곳이다.

지금은 개복동과 연접된 구복동(九福洞)을 한데 버무려
가지고, 산상정(山上町)이니 개운정(開運町)이니 하는 하
이칼라 이름을 지었지만, 예나 시방이나 동네의 모양다

---

29) 탑삭나룻이 난 사람을 놀림조로 이르는 말.
30) 쌀과 그 밖의 곡식을 파는 가게.

리는 그냥 그 대중이고 조금도 개운(開運)은 되질 않았다. 그저 복판에 포도장치(鋪道粧置)도 안 한 십오 간짜리 토막길이 있고, 길 좌우로 연달아 평지가 있는 둥 마는 둥하다가 그대로 사뭇 언덕비탈이다.

그러나 언덕비탈의 언덕은 눈으로는 보이지를 않는다. 급하게 경사진 언덕비탈에 게딱지 같은 초가집이며 낡은 생철집 오막살이들이, 손바닥만한 빈틈도 남기지 않고 콩나물 길듯 다닥다닥 주어 박혀, 언덕이거니 짐작이나 할 뿐인 것이다. 그 집들이 콩나물 길 듯 주어 박힌 동네 모양새에서 생긴 이름인지, 이 개복동서 그 너머 둔뱀이[屯栗里]로 넘어가는 고개를 콩나물고개라고 하는데, 실없이 제격에 맞는 이름이다.

개복동, 구복동, 둔뱀이 그리고 이편으로 뚝 떨어져 정거장 뒤에 있는 '스래[京浦里]', 이러한 몇 곳이 군산의 인구 칠만 명 가운데 육만도 넘는 조선 사람들의 거의 대부분이 어깨를 비비면서 옴닥옴닥 모여 사는 곳이다. 면적으로 치면 군산부의 몇십분지 일도 못 되는 땅이다.

그뿐 아니라 정리된 시구(市區)라든지, 근대식 건물로든지, 사회시설이나 위생시설로든지, 제법 문화도시의 모습을 차리고 있는 본정통이나, 전주통이나, 공원 밑

일대나, 또 넌지시 월명산(月明山) 아래로 자리를 잡고 있는 주택지대나, 이런 데다가 빗대면 개복동이니 둔뱀이니 하는 곳은 한 세기나 뒤떨어져 보인다. 한 세기라니, 인제 한 세기가 지난 뒤라도 이 사람들이 제법 고만큼이나 문화다운 살림을 하게 되리라 싶질 않다.

개복동 복판으로 들어서서 콩나물고개까지 거진 당도한 정주사는 길 옆 왼편으로 있는 탑삭부리 한참봉네 싸전가게를 넘싯 들여다본다. 실상은 눈치를 보자는 생각뿐이요, 정작 쌀 외상을 더 달라고 하리라는 다부진 배짱은 못 먹었기 때문에, 사리기부터 하던 것이다.

"정주사 안녕하시우?"

탑삭부리 한참봉은 마침 쌀을 사러 온 아이한테 봉지쌀 한 납대기[31]를 되어 주느라고 꾸부리고 있다가 힐끔 돌아다보고 인사를 한다는 것이 탑삭부리 수염에 푹 파묻힌 입에서 말이 한 개씩 한 개씩 따로따로 떨어져 나온다.

"네에, 재미 좋시우? 한참봉……."

정주사는 기왕 눈에 뜨인 길이라 가게 안으로 들어선다. 정주사는 이 싸전과 주인을 볼 때마다 샘이 나고 심

---

31) '모되(네 모가 반듯하게 된 되)'의 잘못.

정이 상한다.

정주사가 처음 군산으로 와서 '큰샘거리[大井洞]'서 살 때에 탑삭부리네는 바로 건너편에다가 쌀, 보리, 잡곡 같은 것을 동냥해 온 것처럼 조금씩 벌여 놓고, 오도카니 앉아 낱되질을 하고 있었다. 거래는 그때부터 생겼다.

그런데 그러던 것이, 소리도 없이 바스락바스락 일어나더니, 작년 봄에는 지금 이 자리에다가 가게와 살림집을 안팎으로 덩시렇게 지어 놓고, 겸해서 전화까지 때르릉때르릉 매어 놓고, 아주 한다 하는 대상이 되었던 것이다. 제 말로도 한 일이만 원 잡았다고 하니까, 내숭꾸러기라 삼사만 원 좋이 잡았으리라고 정주사는 생각한다.

털보 한서방 혹은 탑삭부리 한서방이 '한참봉'으로 승차한 것도 돈을 그렇게 잡은 덕에 부지중 남이 올려 앉혀 준 첩지 없는 참봉이다.

이렇게 겨우 십여 년간에 남은 팔자를 고치리만큼 잘 되었는데 자기의 몰락된 것을 생각하면 나도 차라리 그때부터 천여 원의 그 밑천으로 장사나 했더라면 하는 후회가 들어, 그래 샘이 나고 심정이 상하던 것이다.

정주사는 나도 장사를 했더면 꼭 수를 잡았으리라고 믿지, 어려서부터 상고판으로 돌아다닌 사람과, 걸상을 타고 앉아 붓대만 놀리던 '서방님'이 판이 다르다는 것은 생각하려고도 않는다.

"시장에서 나오시는군?…… 그래 오늘은…….."

탑삭부리 한참봉은 방금 되어 준 쌀값 받은 돈을 가게 방문턱 안에 있는 나무궤짝 구멍으로 딸그랑 집어넣고, 손바닥을 탁탁 털면서 돌아선다. 이 사람은 돈은 모았어도, 손금고 한 개 사는 법 없고, 처음 장사 시작할 때에 쓰던 나무궤짝을 손때가 새까맣게 오른 채 그대로 쓰고 있다. 그놈을 가지고 돈을 모았대서 복궤라고 되레 자랑을 한다.

"……오늘은 재수가 좋아서, 우리집 묵은 셈이나 좀 해주게 되셨수?"

"재순지 무언지, 말두 마시우!…… 거 원 기가 맥혀!"

정주사는 눈을 연신 깜짝깜짝하면서 아까 당한 일을 무심코 탄식한다.

"왜?…… 또 빗맞었어?"

"전 백 환이나 날린걸!"

정주사는 속으로 아뿔싸! 하고 슬끔 이렇게 둘러댄다. 그는 지금도 늘 몇백 석씩 쌀을 붙여 두고 미두를 하는 듯이 탑삭부리 한참봉을 속여 온다. 그래야만 다 체면이 차려진다는 것이다.

"허어! 그렇게 육장 손만 보아서 됐수!"

한참봉은 탑삭부리 수염 속에 가 내숭이 들어서 정주사의 형편이며 속을 빤히 알면서도 짐짓 속아 주는 것이다.

알고서 말로만 속는 담에야 해 될 것이 없는 줄을 그는 잘 아는 사람이다.

그럴 뿐 아니라 정주사와는 십 년 넘겨서의 거래에, 작년 치 쌀 한 가마니 값과 또 금년 음력 정월에 준 쌀 두 말 값이 밀렸다고 그것을 양박32)스럽게 조를 수는 없는 처지다. 그래서 실상인즉 잘렸느니라고 속으로 기역자를 그어 논 판이요, 다만 장사하는 사람의 투로, 지날 결에 말이나 한번씩 비쳐 보는 것이다. 그렇게 하면 묵은 것은 받지 못하더라도, 다시는 더 외상을 달래지 못하는 이익이 있대서…….

"거 참!…… 그놈이 바루 맞기만 했으면 나두 셈평을 펴구, 한참봉 묵은 셈조두 닦어 디리구 했을 텐데…….

정주사는 입맛을 다시고 눈을 깜짝거리다가 다시,

"……가만 계시우. 오래잖어서 다아 치러 주리다……

---

32) 凉薄(마음이 좁고 후덕하지 못함).

설마 잊기야 하겠수? 아무 염려 마시구⋯⋯."

정주사는 언제고 외상값 이야기면 첫마디가 떨어지기가 무섭게 지레 겁이 나서 미리 방패막이를 하느라고 애를 쓴다. 그는 갚을 돈이 없어 미안하다거나 걱정이라기보다도 졸리기가 괜히 무색해서 못 견디는 사람이다.

"⋯⋯원, 요새 같을래서는 도무지, 세상이 귀찮어서⋯⋯ 그놈 글쎄 번번이 시세가 빗맞어 가지굴랑 낭패를 보구 하니!⋯⋯ 그러잖어두 자식들은 많구 살림은 옹색한데⋯⋯."

"허! 정주사는 그래두 걱정 없지요! 자손이 번족하겠다, 무슨 걱정이겠수?"

"말두 마시우. 가난한 사람이 자식만 많으면 소용 있나요? 차라리 없는 게 맘이나 편치."

"그런 말씀 마슈. 나는 돈냥 있는 것두 다아 싫으니, 자식이나 한개 두었으면 좋겠습디다."

"아니야, 거 애여 자식 많이 둘 게 아닙디다."

"사람이 자손 자미두 없이 무슨 맛으로 산단 말씀이오?"

"건 속 모르는 말씀⋯⋯."

"거 참 모르는 말씀을 하시는군!⋯⋯ 정주사두 지끔

자녀간 하나두 없어 보시우?"

"허허…… 한참봉두 가난은 한데 쓸데없이 자식만 우
쿠르르해 보시우?…… 자식두 멕여 살려야 말이지……."

둘이는 제각기 제게는 옳은 말이다. 그러나 제각기 저
편이 하는 말은 속 답답한 소리다.

탑삭부리 한참봉은 나이 사십이 넘어 오십줄에 앉았으
되, 자녀간 혈육이 없다. 그는 그래서, 돈 아까운 줄도
모르고 이삼 년 이짝은 첩을 얻어 치가를 하고 자주 갈아
세우고 해보아도 나이 점점 늙기만 하지 이내 눈먼 딸자
식 하나 낳지 못했다.

"어디, 오래간만에 한수 배워 보실려우?"

마침 심부름 나갔던 사환아이가 돌아오는 것을 보고,
우두커니 넋을 놓고 섰던 탑삭부리 한참봉이 시름을 싹
씻은 듯 정주사더러 장기를 청한다.

"참 한참봉, 그새 수나 좀 늘었수?"

정주사는 그러잖아도, 장기나 두던 끝에 어물쩍하고
쌀 외상을 달래 볼까 싶어, 먼저 청하려던 차라 선뜻 응
을 한다.

"정주사 장기야 하두 시언찮어서, 원."

"죽은 차(車) 물러 달라구 떼나 쓰지 마시우."

둘이는 이렇게 서로 장담을 하면서 앞서거니 뒤서거니 가겟방으로 들어간다.

그러자 안채로 난 널문이 열리면서 안주인 김씨(金氏)가, 곱게 단장을 한 얼굴을 들이민다.

"아이! 정주사 오셨군요!"

김씨는 눈이 먼저 웃으면서, 야불야불하니³³⁾ 예쁘장스럽게 생긴 온 얼굴에 웃음을 흩뜨린다.

정주사도 웃는 낯으로 인사를 하면서 곱게 다듬은 모시 진솔로 위아래를 날아갈 듯이 차리고 나선 김씨를 올려본다. 김씨는 남편보다도 나이 훨씬 처져 서른 살이 갓 넘었다. 그런데다가 얼굴 바탕이며 몸매가 이쁘장스럽고 맵시도 있거니와, 아기를 낳지 않아서 그런지 나이보다도 훨씬 앳되어 고작 스물사오 세밖에는 안 되어 보인다. 몸치장도 거기에 맞게 잘한다.

그래서 겉늙고 탑삭부리진 남편과 대해 놓고 보면 며느리나 소실 푼수밖에 안 된다.

"애기 어머니두 안녕허시구?…… 그리구 참……."

김씨는 깜빡, 긴한 생각이 나서 가겟방 앞으로 다가

---

33) 야불야불하다: 자주 입을 놀려 잇따라 말하다.

들어온다.

"……댁에 큰애기가, 아이유 어쩌믄 그새 그렇게 아담스럽구 이뻐졌어요! 내 정주사를 뵈믄 추앙을 좀, 그리챦어두 흠씬 해드릴려던 참이랍니다!"

"거 무얼, 그저……."

정주사는 좋기는 하면서도 어색해서 어물어물하고, 김씨는 들입다 흔감을,

"글쎄, 허기야 그 애기가 저어, 초봉이던가? 응 그래 초봉이야…… 어렸을 때두 이쁘기는 했지만, 어느결에 그렇게 곱게 피구 그랬어요? 나는 요전번에 이 앞으루 지내문서 인사를 하는데, 첨엔 깜박 몰라보았군요! 거저 다두욱다둑해 주구 싶게 이쁘더라니깐요…… 내가 아들이 있다믄 글쎄 억지루 뺏어다가라두 며누리를 삼겠어! 호호호."

명랑하게 째불거리고 웃고 하는 데 섭쓸려 탑삭부리한참봉도 정주사도 따라 웃는다.

"그러니 진작 아이를 하나 났으면 좋았지?"

탑삭부리 한참봉이 웃으면서 일변 장기를 골라 놓으면서 농담삼아 아내를 구슬리던 것이다.

"진작 아니라, 시집오던 날루 났어두 고작 열댓 살밖에

안 되겠수…… 저어 초봉이가 올해 몇 살이지요? 스무 살? 그렇지요?"

"스물한 살이랍니다!…… 거 키만 엄부렁하니 컸지, 원 미거해서……."

정주사는 대답을 하면서 탑삭부리 한참봉의 곰방대에다가 방바닥에 놓인 쌈지에서 담배를 재어 붙여 문다.

"아이! 나는 꼭 샘이 나서 죽겠어! 다른 집 사남매 오남매보다 더 욕심이 나요!"

"정주사 조심허슈. 저 여편네가 저리다가는 댁의 딸애기 훔쳐 오겠수, 흐흐흐흐……."

"허허허……."

"훔쳐 올 수만 있대문야 훔쳐라두 오겠어요…… 정말이지."

"저엉 그러시다면야 못 본 체할 테니 훔쳐 오십시오그려, 허허허."

"호호, 그렇지만 그건 다아 농담의 말씀이구, 내가 어디 좋은 신랑을 하나 골라서 중매를 서드려야겠어요."

"제발 좀 그래 주십시오. 집안이 형세는 달리는데 점점 나이는 들어 가구…… 그래 우리 마누라허구 앉으면 그리잖어두 그런 걱정을 한답니다."

"아이 그러시다뿐이겠어요!…… 과년한 규수를 둔 댁에서야 내남 없이 다아 그렇지요. 그럼 내가, 이건 지낼 말루가 아니라, 그 애기한테 꼬옥 가합한 신랑을 하나 골라 디리께요."

"저 여편네 큰일났군……."

장기를 딱 딱 골라 놓고 앉았던 탑삭부리 한참봉이 한마디 거드는 소리다.

"……중매 잘못 서면 뺨이 세 대야!"

"그 대신 잘 서믄 술이 석 잔이라우."

"그런가? 그럼 술이 생기거들랑 날 주구, 뺨은 이녁이 맞구 그릴까?"

"술두 뺨두 다 당신이 차지허시우. 나는 덮어놓구 중매만 잘 설 터니…… 글쎄 이 일은 다른 중매허구는 달라요. 내가 규수를 좋게 보구 반해서, 호호, 정말 반했다우. 그래서, 자청해설랑 중매를 서는 거니깐, 그렇잖어요? 정주사."

"허허, 그거야 원 어찌 되어서 서는 중매던 간에, 가합한 자리나 하나 골라 주시오."

"자아, 그 이애기는 그만했으면 됐으니 인제는 어서 장기나 둡시다. 두시오, 먼점."

탑삭부리 한참봉이 장기가 급해서 재촉이다.

"저이는 장기라면 사족을 못 써요!…… 나 잠깐 나갔다
와요. 정주사, 천천히 노시다 가시구, 그건 그렇게 알구
계서요?"

"네에, 믿구 기대리지요."

"거 참, 나갈 길이거던 장으루 둘러서 도미라두 한 마리
사다가 찜을 하던지 해서, 고서방 먹게 해주구려?……
요새 찬이 좀 어설픈 모양이더군그래?"

탑삭부리 한서방은 벌써 정신은 장기판으로 가서 있고
입만 놀린다. 고서방이란 이 집에 하숙을 하고 있는 ××
은행의 태수 말이다.

정주사는 도미찜 소리에 침이 꼴깍 넘어가고 시장기가
새로 드는 것 같았다.

2. 생활 제일과(第一課)

정거장에서 들어오자면 영정(榮町)으로 갈려 드는 세
거리 바른편 귀퉁이에 있는 제중당(濟衆堂)이라는 양약
국이다.

차려 놓은 품새야 대처면 아무 데고 흔히 있는 평범한 양약국이요, 규모도 그다지 크지는 못하다. 그러나 제중당이라는 간판은, 주인이요 약제사요 촌사람의 웬만한 병론(病論)이면 척척 의사질까지 해내는, 박제호(朴濟浩)의 그 말대가리같이 기다란 얼굴과, 삼십부터 대머리가 훌러덩 벗겨져서 가뜩이나 긴 얼굴을 겁나게 더 길어 보이게 하는 대머리와, 데데데데하기는 해도 입담이 좋은 구변과, 그 데데거리는[34) 말끝마다 빠트리지 않는 군가락 '제기할 것!' 소리와, 팥을 가지고 앉아서라도 콩이라고 남을 삶아 넘기는 떡심과…… 이러한 것들로 더불어 십 년 이짝 이 군산바닥에는 사람의 얼굴로 치면 마치 큼직한 점이 박혔다든가, 핼끔한 애꾸눈이라든가처럼 특수하게 인상이 박히고 선전이 되고 한, 만만찮은 가게다.

가게에는 지금 제호의 기다란 얼굴은 보이지 않고, 초봉이가 혼자 테이블을 타고 앉아서 낡은 부인잡지를 들여다보고 있다.

초봉이는 시방 집안일이 마음에 걸려 진득이 있을 수

---

34) 데데거리다: 시끄럽게 그치지 않고 이야기하다.

가 없다. 종시 돈이 변통되지 못하면 어찌하나 싶어 초조하던 것이다. 그래서 그는 잊고 앉아 절로 시간이 가게 하느라고 잡지의 소설 한 대문을 읽는 시늉은 하나 마음 대로 정신이 쏠려지지는 않았다.

기둥에 걸린 둥근 괘종이 네시를 친다. 벌써 네신가 싶어 고개를 쳐들면서 가볍게 한숨을 내쉬는데, 마침 협수룩하게 생긴 촌사람 하나가 철 이른 대팻밥모자를 벗으면서 끼웃이 들어선다.

"어서 오십시오."

초봉이는 사뿐 일어서서 진열장 뒤로 다가 나온다. 가게 사람이 손님을 맞이하는 여느 인사지만 말소리가 하도 사근사근하면서도 뒤끝이 자지러질 듯 무령하게 사그러지는 그의 말소리가, 약 사러 들어선 촌사람의 주의를 끌어 더욱 어릿거리게 한다.

초봉이의 그처럼 끝이 힘없이 스러지는 연삽한 말소리와 그리고 귀가 너무 작은 것을, 그의 부친 정주사는 그것이 단명(短命)할 상이라고 늘 혀를 차곤 한다.

말소리가 그럴 뿐 아니라 얼굴 생김새도 복성스러운 구석이 없고 청초하기만 한 것이 어디라 없이 불안스럽다.

티끌 없이 해맑은 바탕에 오뚝 날이 선 코가 우선 눈에 뜨인다. 갸름한 하장이 아래로 좁아 내려가다가 급하다 할 만치 빨랐다.

눈은 둥근 눈이지만 눈초리가 째지다가 남은 것이 있어 길어 보이고, 거기에 무엇인지 비밀이 잠긴 것 같다.

윤곽과 바탕이 이러니 자연 선도 가늘어서 들국화답게 초초하다. 그래서 보는 사람으로 하여금 웬일인지 위태위태하여 부지중 안타까운 마음이 나게 하던 것이다.

이와 같이 말하자면 청승스런 얼굴이나 그런 흠을 많이 가려 주는 것이 그의 입과 턱이다.

조그맣게 그려진 입이, 오긋하니 동근 주격턱과 아울러 그저 볼 때도 볼 때지만 무심코 해죽이 웃을 적이면 아담스런 교태가 아낌없이 드러난다.

그는 의복이야 노상 협수룩한 검정 치마에 흰 저고리를 받쳐 입고 다니지만, 나이가 그럴 나이라 굵지 않은 몸집이 얼굴과 한가지로 알맞게 살이 오르고 피어나, 미상불 화장품 장사까지 겸하는 양약국에는 마침 좋은 간판감이다.

올 이월, 초봉이가 이 가게에 나와 있으면서부터 보통 약도 약이려니와 젊은 서방님네가 사지 않아도 괜찮은 것이면서 항용 살 수 있는 화장품이며, 인단, 카올, 이런 것은 전보다 삼곱 사곱이나 더 팔렸다.

주인 제호는 그러한 제 이문이 있기 때문에 초봉이를 소중하게 다루기도 하려니와 또 고향이 같은 서천이요, 교분까지 있는 친구 정영배――정주사의 자녀라는 체면으로라도 함부로 할 수는 없는 처지다.

그러나, 그런 관계나 저런 타산 말고라도 이쁘게 생긴 초봉이를 제호는 이뻐한다.

일곱 살 먹은 어린아이가 다리를 삐었다고, 마치 병원에 온 것처럼이나 병론을 하는 촌사람한테 이십 전짜리 옥도정기 한 병을 팔고 나니 가게는 다시 빈다. 늘 두고 보아도 장날이 아니면, 바로 세시 요맘 때면 언제든지 손님의 발이 뜬다.

초봉이는 도로 테이블 앞으로 가서 잡지장을 뒤지기도 내키지 않고 해서, 뒤 약장에 등을 기대고 우두커니 바깥을 내다본다.

그는 혹시 모친이 올까 하고 아침에 가게에 나오던 길로 기다렸고, 지금도 기다린다. 아침을 못 해먹었으니, 그새라도 혹시 양식이 생겨서 밥을 해먹었으면, 알뜰한 모친이라 점심을 내오는 체하고 벤또35)에다가 밥을 담아다 주었을 것이다. 그러나 이제껏 소식이 없는 것을 보면, 그대로 굶고 있기가 십상이다.

초봉이 제 한 입이야 시장한 깐으로 하면, 그래서 먹자고 들면, 가게에 전화도 있고 하니 매식집에서 무엇이든지 청해다가 먹을 수는 있다. 그러나 그는 집안이 죄다 굶고 앉았는데, 저 혼자만 음식을 사먹을 생각은 염에도 나지를 않았다. 모친이 밥을 내오기를 기다리는 것도, 집에서 밥을 먹었기를 바라는 생각이다.

시름없이 섰는 동안에, 추렷한 부친의 몰골, 바느질로 허리가 굽은 모친, 배가 고파서 비실비실하는 동생들의 애처로운 꼴, 이런 것들이 자꾸만 눈앞에 얼찐거리면서 저절로 눈가가 따가워진다.

아까 옥도정기 한 병을 팔고 받은 십 전박이 두 푼이 손에 쥐어진 채 잘랑잘랑한다.

늘 집에서 밥을 굶을 때, 가게에 나와서 물건 판 돈이라도 돈을 손에 쥐어 보면 생각이 나듯이, 이 돈 이십 전이나마도 집에 보내 줄 수 있는 내 것이라면 오죽이나 좋을까 싶어, 곰곰이 손바닥이 내려다보여진다.

그는 지금 만일 계봉이든지 형주든지 동생이 배가 고

---

35) '도시락'의 잘못. (일본어) bentô[辨當].

파하는 얼굴로 시름없이 가게를 찾아온다면, 앞뒤 생각할 겨를이 없이 손에 쥔 이십 전을 선뜻 주어 보냈을 것이다. 그런 생각이 나던 참이라 무심코 동생들이 혹시 가게 앞으로 지나가지나 않나 하고, 오고 가는 아이들을 유심히 본다.

물론 그렇게 할 수 있다면, 아예 집으로 보내 주기라도 할 도리를 생각하겠지만, 그러나 소심한 초봉이로, 거기까지는 남의 것을 제 마음대로 손을 댈 기운이 나지 않았다.

길 건너편 샛골목에서 행화36)가 나오더니 해죽이 웃고 가게로 들어선다.

"혼자 계시능구마?…… 쥔나리는 어데 갔능기요?"

"어서 오세요. 벌써 아침 나절에 나가시더니, 여태……."

초봉이도, 손님이라기보다 동무처럼 마음을 놓고 웃는 낯으로 반겨 맞는다.

본시야 초봉이가 기생을 안다거나 사귄다거나 할 일이 있었을까마는 가게에서 일을 보자니까, 자연 그러한 여자들도 손님으로 접촉을 하게 되고, 그러는 동안에 그가 단골 손님이면 낯을 익히게 된다.

---

36) 杏花(살구꽃).

행화는, 처음 가게에 나오던 때부터 정해 놓고 며칠만큼씩 가루우유를 사가고 가끔 화장품도 사가고 전화도 빌려 쓰고 했는데, 그럴 때면 주인 제호가, 행화 행화 하면서 이야기도 하고 농담도 하고 하는 바람에 초봉이도 자연 그의 이름까지 알게 된 것이다.

초봉이는 몇몇 단골로 다니는 기생 가운데, 이 행화를 제일 좋아한다. 그것은 행화가 얼굴이 도렴직하니 코언저리로 기미가 살풋 앉은 것까지도 귀인성이 있고, 말소리가 영남 사투리로 구수한 것도 마음에 들지만, 다른 기생들처럼 생김새나 하는 짓이나가 빤질거리지 않고 숫두룸한 게 실없이 좋았다.

행화도 초봉이의 아담스러운 자태며, 말소리 그것이 바로 맘씨인 것같이 사근사근한 말소리에 마음이 끌려, 볼일을 보려 가게에 나오든지 또 가게 앞으로 지날 때라도 위정 들러서 잠시잠시 한담[37] 같은 것을 하기를 즐겨한다.

"우유는 누가 먹길래 늘 이렇게 사가세요?"

초봉이는 행화가 달라는 대로 가루우유를 한 통 요새

---

37) 심심하거나 한가할 때 나누는 이야기. 담소, 만담, 여담.

새로 온 놈으로 골라 주면서, 궁금하던 것이라 마침 생각이 난 길에 지날 말같이 물어 본다.

"예? 누구 멕이는가고?"

행화는 우유통을 받아 도로 초봉이한테 쳐들어 보이면서 장난꾼같이 웃는다.

"……우리 아들 멕이제!…… 우리 아들, 하하하하."

"아들? 아들이 있어요?"

초봉이는 기생이 아들이 있다는 것이 어쩐지 이상했으나, 되물어 놓고 생각하니, 기생이니까 되레 일찍이 아이를 둔 것이겠지야고 싶어, 이번에는 고개를 끄덕거린다.

"와? 기생이 아들 있다니 이상해서? 하하하. 기생이길래 아들딸 낳기 더 좋지요? 서방이가 수두룩한걸, 하하하."

초봉이는 말이 그만큼 노골적으로 나가니까, 얼굴이 붉어는 지면서도 같이 따라서 웃는다.

"아갸! 어짜문 저 입하구 턱하구가 저리두 이쁘노! 다른 데도 이쁘지만…… 예? 올게(올에) 몇 살이지요?"

"스물한 살."

"아이고오! 나는 열아홉이나, 내 동갑으루 봤더니……."

"몇인데요? 스물?"

"예."

"네에! 그런데 아들을 났어?"

"하하하…… 내 쇡였소. 우리 아들이 아니라, 내 동생이라요."

"동생?…… 어쩌믄!"

초봉이는 탄복을 한다. 기생이면 호화롭기나 하고 천한 것으로만 알던 초봉이는 기생에게서 그런 인정을 볼 수 있는 것이 놀라웠다. 그는 행화가 다시 한번 치어다보였다.

치어다보면서 곰곰이 생각하니, 인정이야 일반일 것이니 그렇다 하겠지만, 천한 기생이라면서 어린 몸으로 그만큼 집안을 꾸려 나간다는 것이 초봉이 자신에 비해서 사람이 장한 성싶었다.

마침 제약실에서 안으로 난 문이 열리더니, 제호의 아낙 윤희(允姬)가 나오는 것을 보고 행화는 눈을 째긋하면서 씽하니 나가 버린다.

"아직 안 오셨어?"

윤희는 가시같이 앙상한 얼굴을 기다란 모가지로 연신 기웃거리면서,

"……어디 가서 무얼 허구 여태 안 오는 거야! 사람

속상해 죽겠네!…… 자동차에 치여 죽었나? 또 기집년의 집에 가 자빠졌나?"

아무래도 한바탕 짓거리가 나고라야 말 징조다.

십 년 전 제호는 어느 제약회사에 취직을 하고 있었고, 윤희는 ××여자전문학교에 다닐 때에, 이미 처자가 있고 나이 열한 살이나 맏인 제호와 윤희는 연애가 어울려서, 제호는 본처를 이혼하고 윤희는 개업할 자금을 내놓고, 두 사람은 결혼을 했었다. 그러나 달콤하던 것은 그 돈을 밑천삼아 이 군산으로 내려와서 제중당을 시작하던 그 당시 이삼 년이었지, 시방은 윤희한테는 가시 같은 히스테리[38]가 남았을 뿐이요, 제호는 아낙이 죽기나 했으면 제발 덕분 시원할 지경이다.

그러한 판에 초봉이가 여점원 겸 사무원으로 와서 있는 담부터는 윤희의 신경은 더욱 날카로워지고, 범사에 초봉의 일을 가지고 남편을 달달 볶아 댄다.

초봉이도 그러한 눈치를 잘 안다. 그래서 그는 털털하고도 시원스러운 제호한테는 턱 미더움이 생겨, 장차 몇 해고 약제사의 시험을 칠 수 있는 정도에 이르는 날까지

---

38) Hysterie. 정신적 원인에 의해 일시적으로 일어나는 비정상적인 흥분 상태를 통틀어 이르는 말.

붙어 있을 생각이었었고, 또 그리 할 결심이었지만, 요새와서는 윤희로 해서 늘 불안이 생기고, 이러다가는 장래가 길지 못할 것 같아 낙심이 되기도 했다.

"그래 어디 갔는지두 몰른단 말이야?"

윤희는 제 속을 못 삭여 색색하고 섰다가 초봉이더러 볼썽사납게 소리를 지르던 것이다.

"모르겠어요. 어디 가시면 가신다구 말씀을 하셔야지요?"

초봉이는 괜한 일에 화풀이를 받기가 억울하나, 그렇다고 마주 성글 수도 없는 노릇이라 다소곳하고 대답이다.

마침 그러자 전화가 때르르 하고 운다. 윤희는 괜히 질겁을 해서 놀랐다가,

"집엣전화거든 날 주어."

하면서 전화통을 떼어 드는 초봉이에게로 다가선다.

"네에, 제중당입니다."

초봉이는 들은 체도 않고 전화를 받는다.

"……"

"네?…… 네, ××은행에 계신……."

"……"

"고 태 수 씨요? 네에 네."

"××은행 고태수 아시지요?"

저편에서는 상냥하게 되물어 준다.

"네에 압니다."

초봉이는 ××은행에서 고태수라는 사람이 늘 약이며 화장품 같은 것을 전화로 주문해 가기 때문에 그, 사람이나 얼굴은 몰라도 ××은행에 다니는 고태수라는 성명은 알 수가 있었다.

그러나 저편의 태수는 전화로 주문해 가기도 하지만, 대개는 제가 가게에 와서 사간 적이 많았기 때문에, 그것만 여겨 '실물'인 고태수를 아느냐고 물은 것이요, 안다니까 역시 그 실물인 고태수를 안다는 말로 알아듣게 되었던 것이다.

"저어 향수 좋은 것 있어요?"

저편에서는 '있어요?'라고까지 말이 더 친숙해진다.

"네에, 향수요? 여러 가지 있습니다. 어떤 것을 찾으시는지……."

"그저 좋은 것이면 아무거라두 좋습니다. 오리지나루 같은 거……."

"네에! 오리지날이요? 있습니다. 그렇지만 그건 썩 좋지는 못한데요…… 보통 많이들 쓰시기는 하지만……."

"네에! 아아, 그런가요? 그러면……."

저편에서는 이렇게 당황해하다가 다시,

"그럼 오리지나루가 아니라, 무어 좋은 걸루 한 가지 골라 주시지요."

"그러시면 헤리오도로푸를 쓰시지요? 그것두 썩 고급품은 아니지만 그래두……."

"네네…… 그럼 그, 그 헤 헤리…… 그 향수 한 병만 지금 곧 좀 보내 주시까요?"

"네에 보내 디리겠습니다. ××은행 고태수 씨라구 그러셨지요?"

이것을 다시 묻는 것은 저편에서 적지 않게 실망할 소리나, 그래서 네, 하는 저편의 대답이 대번 떫떫해졌지만 초봉이야 그런 기색을 알 턱이 없는 것이고…….

"그런데, 참……."

초봉이가 깜박 생각이 나서 전화통으로 파고든다.

"……지금 배달하는 아이가 마침 나가구 없어서 시방 곧은 못 보내 드리겠는데요? 좀 더디어두 괜찮을까요?"

"아, 그리세요? 그러면, 저어……."

잠시 침음하다가 이어,

"……그러면 내가 오래 기대릴 수는 없으니까, 이렇게

해주시지요? 내 하숙집으루 좀 보내 주세요? 아이를 시켜서 보내면, 내가 없더래두 받아 두구서, 대금두 치러 줄 겝니다.”

“그럼 그렇게 하세요. 댁이 어디신가요?”

“바루 저 개복동서 둔뱀이루 넘어가자면, 고개까지 채 못 가서 있는, 한참봉네 싸전집입니다. 찾기 쉽습니다.”

“네에 네, 거기시면 잘 압니다. 그러면 글러루 보내 드리겠습니다.”

초봉이는 전화를 끊고 돌아서면서, 그 사람이 그 사람이구먼 하는 짐작이 들어 고개를 끄덕거린다. 집에서 누구한테서든가, 탑삭부리 한참봉네 집에, 어느 은행에 다니는 사람이 하숙을 하고 있다는 말을 귓결에 들은 적이 있었던 것이다.

초봉이는 아직도 그대로 지켜 섰는 윤희한테 또 시달림을 받기가 싫어서 분주한 체, 헤리오트로핀 한 병 있는 것을 진열장에서 꺼내다가, 싸개지로 싸고 다시 전표를 쓰고 막 그러고 나니까 또 전화가 온다.

윤희는 이번에도 제호의 전화거든 저를 달라고 따라온다.

초봉이는 대답을 하는 둥 마는 둥 수화기를 떼어 들면서,

"네에, 제중당입니다."

"……"

초봉이는 저쪽에서 오는 소리를 듣자, 눈과 입가로 미소가 떠오르면서 금시로 귀밑이 빨개진다.

"초봉이어요."

초봉이는 매달리듯 전화통으로 다가들면서 무심결에 뒤를 돌려다본다. 그것을 눈여겨보고 있던 윤희가 새파랗게 눈에서 쌍심지가 뻗쳐 나오면서,

"비껴나 이것!"

소리 무섭게 초봉이를 떠다박지르더니 수화기를 채어다가 귀에 대고는,

"아니, 이건 어떻게 하는 셈이요? 응?"

여부없이 다짜고짜로 전화통에다가 터지라고 악을 쓰는 것이다.

"네에?"

저편에서는 얼띤 목소리가 분명찮게 들려 온다.

"네에라께 다 무엇이 말라죽은 거야? 왜 남은 기다리다가 애가 말라죽게 하구서, 전방에 있는 계집애만 데리구 전화질만 하구 있는 게야? 이놈의 전방에다가 불을 싸놓는 꼴을 보구래야 말 테야? 응? 이, 천하에 행사가

개차반 같은 위인 같으니라구……."

더 잇대어 해 퍼부을 것이지만 숨이 차서 잠깐 말이 끊긴다. 그 사이를 타서 저편의 말소리가 들려 온다.

"네? 왜 그리시나요?…… 누구신데 무슨 일루 그리시나요?"

비록 전화의 수화기로 들려는 올망정, 코에 걸리는 듯한 베이스 음성으로, 뜸직뜸직 저력 있게 울리는 이 말소리는 데데거리고 급한 제호의 말소리와는 얼토당토 않다.

"무엇이 어째?"

윤희는 번연히 남편 제호가 아닌 것을 역력히 알아차렸으면서 상관 않고 대고 멋스린다.

윤희는 먼저는 저편이 제혼 줄 알고, 그래서 제호한테 초봉이가 전화를 받으면서 그런 아양을 떨고 하니까, 그만 강짜에 눈까지 뒤집혀 그 거조를 한 것인데, 저편이 제호가 아니고 생판 딴사람이고 보매, 이번에는 그것이 되레 부아가 났던 것이다.

"……당신이 그럼 박제호가 아니란 말요?"

윤희는 여전히 서슬 있게 딱딱거리기는 해도 어쩔 줄을 모르고 쩔쩔맨다.

돌려다보니, 나서서 일을 모피해 주어야 할 초봉이는

모른 체하고 외면을 하고 있다. 그것이 속이 절여 터지게 밉다.

"여보세요……."

저편에서는 밉광머리스럽게, 성도 내지 않고 좋은 말로 차근차근,

"……나는 박제호 씨가 아닙니다. 남승재(南勝在)라는 사람입니다. 여기는 금호병원(錦湖病院)인데요, 여기 조수로 있는 사람입니다. 약을 주문하느라고……."

이 무색한 꼴을 어떻게 건사할 길이 없다. 하니, 덮어놓고 기승을 피우는 게 차라리 속이라도 시원할 일이다.

"원 참, 별 빌어먹을 꼴두……."

윤희는 수화기를 내동댕이를 치고 물러서서, 초봉에게로 잡아먹을 듯이 눈을 흘긴다.

"……아니거던 아니라구 진작 말해 주어야지!"

초봉이는 더 참을 수가 없어서 마주 퀄퀄하게 해대려고 고개를 번쩍 들었으나, 말은 목 안에서 잠겨 버리고 청하지도 않는 눈물만 솟아 글썽거린다.

"……전방에 두어 둘 제는 치레뿐[39]으루 두어 두었나?

---

39) 치렛거리: 여인이 몸치장을 하는 데 쓰는 물건으로, 남바위, 노리개, 비녀, 뒤꽂이, 목걸이 따위를 이르는 말이다. 그럴 듯하게 보이도록 누는 장식품 따위를 말한다.

…… 무어야 대체? 모른 체허구 서서 남을 망신을 주구…… 전화나 가지구서 희학질이나 하믄 제일인가?"

이 말을 하다가, 윤희는 초봉이가 아까 전화통 앞에서 아양을 부리는 양을 다시 생각하고 그러자니까 문득, 실로 문득, 초봉이가 정말로 제호한테도, 전화를 받을 때나 단둘이서 있을 때면은 그렇게 하려니, 그래서 제호를 후리려고 하고, 제호는 그것이 좋아서 침을 게질질 흘리면서 헤헤, 헤헤 하려니…… 이러한 짐작이 선뜻 머리에 떠오르던 것이다.

등골이 오싹하도록 무섭게 초봉이를 노리고 섰던 윤희는 몸을 푸르르 떨면서 뽀드득 이를 갈아 붙인다. 만약 이때에 초봉이가 조그만큼만 더 윤희의 부아를 돋구어 주었다면, 윤희는 단박 달려들어 초봉이의 얄밉디얄밉게시리 이쁜 입과 턱을 싹싹 할퀴고, 물어뜯고 해주었을 것이다.

마침 배달 나갔던 아이가 자전거를 내리면서 들어서다가 전방 안의 살기등등한 공기를 보고 지레 겁을 내어 비실비실 한옆으로 피해 간다.

"선생님 어디 간지 몰라?"

윤희는 아이한테다 대고 버럭 소리를 지른다.

"저는 몰라요, 어디 가신지……."

아이는 행여 노염을 살세라고 조심하여 몸을 사린다.

"두구 보자! 모두들……."

윤희는 혼자말같이 이렇게 씹어 뱉고는 통통거리고 제약실로 해서 안채로 들어가 버린다.

한편 구석에 가서 가만히 박혀 있던 아이가 그제야 윤희의 등뒤에다가 혀를 낼름 하고는 초봉이한테 연신 눈을 찌긋째긋한다.

초봉이는 본 체도 않는다. 그는 윤희한테 마주 해대지 못하고서 병신스럽게 당하기만 하던 일이 새 채비로 분했다.

하기야 지지 않고 같이 들어서 다투는 날이면, 자연 주객이 갈리게 될지도 모르고, 그러는 날이면 다시 직업을 얻기도 만만치 않거니와, 얻어진대도, 지금같이 장래 보기로는 쉽지 않을 것이다.

그뿐 아니라, 오늘이라도 이 집을 그만두면 매삭 이십 원이나마 벌이가 끊기니 집안이 그만큼 더 어려울 것이요, 하니 웬만하면 짐짓이라도 져주는 게 뒷일이 각다분하지 않을 형편이기는 하다. 그러나 그런 타산이야 흥분되기 전 일이요, 일을 잡치고 난 뒤에 가서,

'참았더라면 좋았을걸……'

할 후횟거리지, 당장은 꼿꼿한 배알이 없는 것도 아니다.

'오늘부터라도 그만두면 그만이지……'

무럭무럭 치닫는 부아가 이렇게쯤 다부진 마음을 먹을 수까지도 있다. 그래서 어엿하게 고개를 쳐들고 활활 해 부딪쳐 주려고까지 별렀었다.

그러나 그는 그리하지를 못했다.

초봉이는 비단 오늘 일뿐 아니라 크고 작은 일이고 간에, 누구한테든지 저 하고 싶은 대로 고집을 세운다든가, 속에 있는 말을 조백이게 해대지를 못한다. 속이야 다 우렁잇속같이 있으면서 말을 하자고 들면, 가령 그것이 억울하다든가 분한 경우라든가, 기운이 겉으로 시원시원하게 내뿜기지를 못하고 속으로만 수그러들어 목이 잠기고 눈물이 앞을 서곤 한다.

흥분이 심하면 심할수록에 그것이 더하다.

오늘 일만 해도, 그는 윤희한테 무슨 정가 막힐 일이 있었던 것도 아니요, 버젓하게 다 해댈 말이 있는 것을 부질없이 말은 막히고서 나오지 않고, 남 보기에는 무슨 죄나 진 것같이 울기부터 한 것이다.

전화통에는 윤희가 내동댕이를 친 채로 수화기가 디룽

디룽 매달려 있다.

그렇거나 말거나 다른 전화 같으면 심술로라도 내버려 두겠지만, 혹시 승재가 그대로 기다리고 있을까 민망해서 얼핏 수화기를 올려 들었다.

"여보세요."

잠긴 목을 가다듬어 겨우 소리를 내니까,

"거 웬 난리가……."

승재의 대답이 바로 들린다.

"아녜요, 여기 아주머니가 아저씨한테서 온 전환 줄 알구……."

"흐웅! 거 대단하군."

초봉이는 금시 노염이 사라지고, 그 대신 입과 눈이 아까처럼 혼자 웃는다.

"……저어, 로지농 칼슘 있지요."

"네에 있어요. 보내 드릴까요?"

"한 곽만…… 곧 좀……."

"네에 시방 곧 보내 드리께요."

"그럼 한 곽만……."

초봉이는 전화가 끊기는 소리를 듣고도 그대로 한참이나 섰다가 겨우 돌아선다.

그는 무어라고 아무 이야기라도 좋으니 좀더 이야기를 하고 싶었다. 그럴 바이면 이편에서 전화를 걸 수도 있고, 또 전화가 끊기기 전에 이야기를 할 것이라고 하겠지만, 그러나 그저 이야기가 하고 싶었지, 그게 무슨 이야기인지는 모르고, 모르니까 하재도 할 수가 없었다.

그래서 언제고 전화를 끊고 나선 저 혼자만 섭섭해하는 것이다.

초봉이는 실상 승재와 한 지붕 밑에서 살고 있다. 승재가 초봉이네 집 아랫방을 얻어서 거처하고 있던 것이다.

그러니까 둘이는 아침 저녁으로 얼굴을 대하는 터에, 밖에 나와서 전화로 이야기를 해야만 할 까닭은 없는 것이다. 집에서 부모네가 그것을 간섭하거나 하는 것도 아니니……

그러나 둘이는 집에서는 사세부득한 것말고는 서로 말이 없이 지낸다. 내외나 조심을 하자는 것도 아닌데, 둘이는 그러고 지낸다. 그것을 지금 초봉이더러,

"너 승재한테 맘이 있는 게로구나?"

이렇게 묻는다면 초봉이는 아니라고 기를 쓰고, 얼굴이 붉어질 것이다.

뒤바꾸어, 승재더러 그 말을 물어도 역시 그럴 것이다.

이것은 그들이 거짓말을 하는 것이 아니라, 사실로 그들은 그들 자신의 마음을 모르기 때문이다.

초봉이는 로지농 칼슘 한 곽을 꺼내다가 전표를 써서, 먼저 준비해 논 태수의 것까지 아이를 주어 배달을 하라고, 태수의 것은 이러저러한 데 있는 그의 하숙집으로 갖다 주라고 이르니까 아이놈이 연신 빈들빈들 초봉이의 얼굴을 치어다보면서,

"고상이오? ××은행 고상이오?"

해쌓는 것이 아무래도 사람을 구슬리는 양이다.

"너 왜 그러니? 그이가 무얼 어쨌니?"

초봉이는 머루 먹은 속이라도, 무심결에 따라 웃으면서 물어 보는 것이다.

"아녜요, 히히……."

"저 애가 왜 저럴까?"

"아녜요, 고상이 어쩔 양으루 오늘은 자기가 안 오구서 이렇게 배달을 시키니깐 말이지요…… 헤헤 헤헤."

"누군데 저 애가 왜 저래?"

"아―주, 조상두(초봉이) 시치미를 뚜욱 따요!"

"저 애 좀 봐요! 내가 무얼 시치미를 딴다구 그래애!"

"그럼 안 따요? 사흘에 한 번씩은 꼭 가게에 와설랑

무엇이구 사가는 고상을 조상이 몰라요? 다아 알면서
……."

"그래도 나는 모르는 걸 어떡허니? 허구많은 손님을
누가 일일이 다아 낯을 익혀 둔다더냐."

"그래두 고상은 특별히 다르다나요! 누구 때문에 육장
와서 쓸데두 없는 것을 사가는데요."

"그걸 내가 어떻게 아니?"

"모르긴 왜 몰라요! 다아 조상 얼굴 볼려구 그리는데,
히히…… 척 연앨……."

"저 애가!"

초봉이는 잘급해 소리를 지르는데, 얼굴은 절로서 화
끗 단다.

하고, 일변 그렇게 듣고 생각해 보니 아닌게아니라 낯
을 암직한 여러 손님 가운데 한 사람, 아리송하니 얼굴이
머리에 떠오른다.

후리후리한 몸에 차악 맞는 양복을 입고, 갸름한 얼굴
이 해맑고, 코가 준수하고, 웃입술을 간드러지게 벌려
방긋 웃고, 그래서 무척 안길 성 있이 생기기는 생겼어
도, 눈이 오긋한 매눈에 눈자가 몹시 표독스러워 보이는,
그 사람이 그러면 ××은행에 다니는, 그리고 탑삭부리

한참봉네 집에 기식을 하고 있다는, 또 그리고 배달하는 아이 말대로 초봉이 저를 보려고 자주 물건을 사러 가게에 온다는 그 사람인 게로구나 하는 짐작이 들었다.

그러자 초봉이는 웬일인지 아까 첫번과는 달리 가슴이 두근거리면서 그 사람 고태수의 얼굴이 다시금 떠오르더니 그것을 요모로 조모로 뜯어보는데, 또 그러자 문득 승재와 비교가 되어지면서 비교된 결과는 생김새로든지 처지로든지 승재가 훨씬 못한 것이 단박 드러나고, 하니까는 그 다음에는 승재를 위해서 고태수한테 시기가 난다.

그래, 분개해서 고태수를 들이 미워해야 하겠는데, 그러나 어쩐 일인지 그가 미워지질 않고 자꾸만 더 돋보인다.

그럴 수가 있을까 보냐고 도로 또 비교를 해본다.

승재는 장차에야 버젓한 의사가 될 사람이지만, 지금은 겨우 남의 병원의 조수요, 고태수는 당장 한 사람 몫을 하고 있는 은행원이다.

생김새도 승재가 못생긴 것은 아니나, 고태수가 멀끔한 것이 매력이 있다.

승재는 고태수의 조화된 데 비해서, 아무렇게나 생긴 사람이다.

키가 훨씬 더 크고, 몸도 크고, 어깨통이 떠억 벌어졌다.

얼굴은 두툼하니 넓죽하고, 이마도 퍽 넓다. 그래서 실직하고 무게는 있어 보여도 매초롬한 고운 태는 찾으려도 없다.

얼굴은 눈퉁이며, 눈이며, 코, 입 이런 것들이 제자리는 제자리라도, 너무 울퉁불퉁하게 솟을 놈 솟고 박힐 놈 박히고 해서 조각적이기는 해도, 고태수라는 사람처럼 그린 듯 곱지는 못하다. 다만 그의 눈만은 고태수의 눈과는 문제도 안 되게 좋다. 어느 산중에 있는 깊은 호수같이 맑고도 고요하다. 무엇인지는 모르겠어도, 이 세상 좋은 것이라고는 다 그 눈에 가 들었는 성싶은 그런 눈이다. 그리고 이 눈으로 해서 승재의 그 아무렇게나 생긴 얼굴이 흉을 가리고 남는다.

못하거니 하고, 그럴 수가 있을까 보냐고 다시금 둘을 빗대 보던 초봉이는 승재의 눈에 이르러 흠뻑 만족을 한다.

만족을 하고 그 기분이 그대로 승재의 모습으로 옮아가서, 그의 올라앉아 말 탄 양반 훨훨 소 탄 양반 끄덕끄덕을 하고 싶은 어깨통, 이편이 몸뚱이를 가져다가 콱 가슴에 부딪뜨리면 바위같이 움찍도 안 할 듯싶은 건장

한 몸뚱이, 후련하게 뚜렷한 얼굴과 넓은 이마, 그리고 다시 그렇듯 맑고 고요한 눈, 이렇게 하나씩 하나씩도 생각해 보고 전체로도 생각해 보고 하노라니까, 비로소 고태수라는 사람은 어디로 갔는지 잠깐 잊혀지고, 승재가 이 세상에 있다는 것이 차악 안심이 되고 기쁘고 한다.

처지를 대놓고 보아도 실상은, 도리어 둘을 같이 놓고 생각할 수가 없다.

승재는 작년 시월에 서울 가서 치르고 온 의사 시험에 반은 넘겨 패스가 되었으니까, 그리고 금년 시월 시험이나, 늦어도 명년 오월 시험까지 한 번 아니면 두 번만 더 치르면, 전과목이 다 패스가 되어 옹근 의사가 될 수 있다. 그러니까 그럴 날이면 한낱 은행원쯤 부럽지 않다.

여기까지 생각하던 초봉이는 한숨을 호 내쉬면서 가슴에다가 무심코 손을 얹는다. 안심의 표적인 것이다.

이렇듯 만족도 하고 안심도 하는데, 그러나 그러는 하면서도 일변 따로, 한번 머릿속에 박혀진 고태수의 영상은 그대로 처져 있고 종시 사라지질 않는다.

그것은 마치 그의 곱다란 얼굴과 좋은 몸맵시를, 궁하고 보잘것없는 승재의 옆으로 들이대면서 자아 어떻수? 하고 비교해 보라고 느물거리는 것만 같다.

짜증이 나서 고태수한테 눈을 흘겨 준다. 그러나 빈들 빈들 웃기만 하지, 물러가려고 하지 않는다.

제호가 마침 그제야 털털거리고 가게로 들어선다.

"어허, 이거 우리 초봉이가 혼자서 수고하는군. 제기할 것……."

그는 기다란 얼굴로 싱글벙글 웃으면서 수선을 피운다.

"……초봉이 혼자서 수고를 했어. 이놈은 어디 갔나?…… 옳지, 배달 나간 거루구만? 그렇지?…… 어 후─후 ─ 더웁다. 인전 제법 더웁단 말야, 제기할 것."

한편 떠들면서 좋아하는 양이 단단히 좋은 일이 있는 눈치다.

초봉이도 그에 섭쓸려 웃으면서, 손가방을 받아 준다.

"응? 그래, 저리 좀 내던져 주어…… 건데 초봉이가 자꾸만 저렇게 이뻐져서 저거 야단났군! 야단났어, 허허 허허, 제기할 것. 멀, 이쁘면 좋지, 허허허허. 건데 말야, 응?…… 지금 아주 대대적으루 존 일이 생겼단 말야. 대 대적으루 응?…… 그리구 우리 초봉이한테두 대대적으 루 존 일이구, 허허허. 제기할 것, 인전 됐다."

제호는 언제고 그렇지만, 오늘은 유독히 더 정신을 못 차리게 혼자 찧고 까불고 하면서 북새를 놓는다.

초봉이는 대체, 좋은 일이라면서 저렇게 떠들어 대니 무얼 가지고 저러나 싶어 속으로 적잖이 궁금했다.

제호는 초봉이가 앉은 테이블 앞에 걸상에 가서 털씬 걸터앉아 모자를 벗어 가지고 번질번질한 대머리 얼러 얼굴에 부채질을 한다.

그러다가 두리번두리번하더니, 초봉이가 가방을 들고 섰는 것을 보고…….

"웅웅! 거기 있군…… 나는 또 어디다가 내버리고 왔다구. 제기할 것, 거 잘 좀 갖다가 제약실 안에 둬두라구."

아까는 내던지라더니 이제는 또 잘 갖다 두란다.

"……그 속에 좋은 게 들었단 말야, 그 속에…… 오늘 아주 대성공이야 대성공. 건데 초봉이두 좋은 일이 있어. 시방, 시방 이야기허까? 가만 있자. 나 담배 한개 피우구, 웅? 아뿔싸? 담배가 없군…… 이놈은 어디 갔누? 옳아, 배달 나갔지, 제기할 것. 빙수 한 그릇 먹었으면 조오켔다. 시방 빙수 팔까? 아직 없을 테지?"

"글쎄요?"

"없을 거야, 없어. 제기할 것, 이게 다아 여편네 잘못 만난 놈의 고생이야. 아, 이런 때 척 밀수나 한 그릇 타다가 주군 하면 오죽 좋아? 밤낮 그 히스테리만 부리지 말구, 웅? 그렇잖아? 허허 제기할 것.”

“아주머니가 참 퍽 기대리셨어요!”

“아뿔싸!”

제호는 무릎을 칠 듯이 깨우치고는 잠시 멍하다가 뒤통수를 긁는다.

“……이거 야단났군!…… 오늘 두시에 동부인합시구 제 동무네 친정집 한갑잔치에 가기루 했었는데. 그만 깜박 잊었지!…… 안 잊었어두 보던 일이야 제쳐 놓구 오지는 못했겠지만…… 그래 나와서 무어래지?”

“머, 별루…….”

초봉이는 소경사를 다 이야기할까 하다가 그만둔다.

“재랄하잖어?”

“두 번이나 나오셔서, 아저씨 안 오셨느냐구…….”

“아냐! 분명 재랄을 했을 거야, 분명. 그래 재랄을 하다가 혼자 간 모양이? 그러니 이거 야단 아냐? 그놈의 성화를 어떻게 받나! 제기할 것, 돈 백 원만 없어 주겠시니 누구 그놈의 여편네 좀 물어 가는 사람 없나? 허허 제기할 것.”

“아이머니나! 숭헌 소리두 퍽두 허시네!”

“아냐 정말야. 초봉일랑 인제 시집가거든 애여 남편

그렇게 달달 볶지 말라구. 거, 아주 못써. 그놈의 여편네가 좀 그리지를 안했으면 내가 벌써 이십 년 전에 십만 원 하나는 모았을 거야, 응? 그렇잖아?"

"아저씨두! 두 분이 결혼하신 지가 십 년 남짓하시다문서 그러세요?…… 내, 온……."

"아하하하, 참 그렇던가? 내가 정신이 없군. 그건 그런데, 초봉이두 알지만, 에, 거 여편네 히스테리 아주 골머리가 흔들려! 그 어떻게 이혼을 해버리던지 해야지 못견디겠어. 아무것두 안 되겠어!"

"괜히 그러세요!"

"아니, 자유 결혼이니까, 이혼두 자유야. 거 새끼두 못 낳구 히스테리만 부리는 여편네 무엇에 쓰노!"

"그렇지만 아주머니가 보시기엔 아저씨한테 더 잘못이 많답니다."

"잘못? 응, 더러 있지. 오입한다구, 그리구 제 히스테리에 맞추지 않는다구. 그러니깐 갈려야지? 잘잘못이야 뉘게 있던 간 둘이서 같이 살 수가 없으니깐 갈려야 할 게 아냐? 그렇잖어?"

"전 모르겠어요."

초봉이는 제호의 이야기에 끌려 허튼 수작에 대거리는

하고 있어도, 시방 딴 걱정에 도무지 건성이다.

그는 제호한테 청할 말이 있어서, 윤희 못지않게 제호의 돌아오기를 기다리고 있었다.

그러나 막상 제호가 돌아오고 해서 얼굴을 대하고 난즉은, 언제나 마찬가지로 섬뻑 말이 나오지를 않던 것이다.

그는 실상 아까 아침 나절에 이야기를 했어야 할 것이었다. 그러나 벼르기만 하고, 말이 차마 나오지를 않아서 주춤주춤하고 있는 동안에 제호는 부루루 나가 버렸고, 그래서 후회를 하고 종일토록 까맣게 기다리고 있던 참이다.

하다가 인제 그가 돌아왔으니 말을 내야 할 것이지만, 그러나 종시 말은 나와지지 않고, 그러면 그만두자 한즉, 당장 집안 식구들이 굶고 있는 것을 어떻게 하며, 오늘이 이러한 걸, 내일을 또, 그 다음날도 돈이 생길 때까지는 굶어야 할 테니, 도저히 안 될 말이다.

"아저씨, 저어……."

초봉이가 겨우 쥐어짜듯이 기운을 내서 이렇게 말부리를 따놓고, 눈치를 보느라고 고개를 쳐드니까, 제호는 없는 담뱃갑을 찾느라고 이 포켓 저 포켓 부산하게 뒤지다가 마주 얼굴을 든다.

"응? 무어?…… 이놈의 담배가 그렇게 하나두 없나! 제기할 것. 그래, 무어 할 이야기 있어? 응, 무어야?"

"네에……."

"그래, 무슨 이야긴데?"

"말씀하기가 미안해서……."

미안한 것뿐이 아니지만, 사실 미안하기도 펙 미안하다.

지난달 그믐을 가까스로 넘기고서 초하룻날 하루만 겨우 지나고 난 이달 초이튿날, 가게에 나오기가 무섭게 오늘처럼 염치를 무릅쓰고 돈 십 원을 이달 월급 턱으로 선대받아 간 것이 열흘도 채 못 된다. 그랬는데, 그런 때문에 인제 찾을 것이라야 겨우 십 원밖에 남지 않았고, 월급날이라고 정한 스무닷샛날이 되기도 전에 또 선대를 해달라고 하게 되니, 가령 저편에서야 괜찮다고 하지만 초봉이로 앉아서는 말을 내기가 여간만 민망한 노릇이 아니다.

초봉이가 말을 운만 떼어 놓고 그 다음 말을 못 하고 어려워만 하는 것을,

"허허! 사람두 원!…… 알었어, 알었어!"

제호는 벌써 알아차리고,

"……돈이 쓸 데가 있단 말이지?…… 그걸 말 좀 하기

를 그렇게 어려워한담? 사람두 어디서, 원……."

"그래두 미안하잖어요?"

"미안은 무슨 미안? 미안하기루 들면, 내가 되려 미안하지. 친구 자녀 데려다가 두구서는 월급두 변변히 못 주어서 늘 옹색하게 하니깐, 안 그래? 그렇지? 허허 제기할 것?…… 그래 얼마나 쓸까?…… 날더러 일일이 달라구 해선 뭘 하누? 거기 있을 테니 좀 끄내다 쓰구 장부에 올려나 놓지. 그래, 거기 손금고에서 끄내 써요, 응? 아뿔싸! 열쇠를 내가 가지구 나갔었지…… 정신없어 야단났어! 제기할 것."

제호는 포켓에서 열쇠 꾸러미를 꺼내 가지고 테이블 위에 놓인 손금고를 방울 소리를 울리면서 찰크당 열어 젖힌다.

초봉이는 두고 보면 볼수록 소탈하고 시원스런 제호가 사람이 좋았고, 비록 본디야 남이지만, 그만한 아저씨를 둔 것이 또한 좋았다. 만일 제호가 정말로 외가로든지 친척으로서의 아저씨가 된다면, 더욱 마음 든든하고 즐거울 것 같았다.

그리고 이렇게, 초봉이가 보기에는 좋은 사람인 것을, 대체 그 부부간이라는 게 무엇이길래 윤희는 육장 두고 제호를 못살게시리 달달 볶아 대는지, 그 속을 알 수가 없었다.

"······그래 얼마나? 오 원? 십 원?"

제호는 일 원, 오 원, 십 원 이렇게 세 가지 지전을 따로따로 집어 들고 세면서 묻는다.

"글쎄요······."

초봉이는 기왕이니 십 원을 탔으면 좋겠으나, 그역 말이 나오지 않는다.

"저런, 사람두! 돈 쓸 사람이 얼마 쓸지를 몰라? 허허 제기할 것. 자아 십 원. 기왕이면 모개지게 한꺼번에!"

초봉이는 비로소 안도의 한숨이 내쉬어지려고 하는 것을 속으로 삼키고, 파르스름하니 안길 성 있게 색채가 나는 십 원짜리를 받아 쥔다.

돈을 받아 쥔 손바닥의 촉감도 여느때 물건을 팔았을 때에는 다 같은 십 원짜리라도 그런 줄을 모르겠더니, 이렇게 어렵사리 제 몫으로 받아 쥐는 십 원짜리의 촉감은, 어디라 없이 그놈이 빳빳하면서도 자별히 보드라운 것 같았다.

돈을 탔으니 인제는 집으로 갈 일이 시각이 바쁘다. 그러나, 아직 겨우 네시 반······ 돌아갈 시간 여섯시까지에는 한 시간 반이나 남았다.

어떻게 하나? 탈을 하고, 오늘은 일찍 돌아가나? 좀더 있다가 배달하는 아이가 돌아오거든 집으로 보내 주나? 이런 때에 동생들이라도 누가 나왔으면 싶었다.

제호는 제약실로 들어가 앉아서 손가방을 열어 놓고 무엇인지 서류를 뒤적거린다. 그것을 보니, 아까 제호가 들어서던 길로 떠들어 대면서, 좋은 일이 있다고, 초봉이한테도 좋은 일이 있다고 수선을 피우던 일이 생각났다.

그날그날의 생활이 막막하고, 앞뒷동이 막힌 때에는 빈말로나마 좋은 일이 생긴다는 말을 들으면 반가운 법이다. 초봉이도 그래서 한 가지 시름을 놓고 나니 그 다음에는, 대체 그 좋은 일이라는 게 무엇인고? 이편에서 물어라도 보고 싶게 차차 궁금증이 나기 시작한다.

제호는 서류를 한번 주욱 훑어보더니 다시 차곡차곡 챙겨서 제약실 안에 있는 금고를 열고 소중하게 건사를 한 뒤에 도로 마루로 나온다.

"자아, 인전 참, 초봉이한테 이야기를 좀 해야지……."

제호는 테이블 앞 의자에 가 걸터앉더니,

"……나 이 전방 이것 팔았지, 헤헤. 팔아두 아주 잘 판걸, 제기할 것."

"네에!"

초봉이는 하두 어이가 없어 놀라지는 대로 놀랐지, 미처 어찌하지를 못한다.

그러나 제호는 연신 싱글벙글 웃기만 한다.

"왜 그렇게 놀래누? 허허허허…… 걱정 말아요, 걱정 없어요."

초봉이는 다시 생각하니, 주인이 갈린다고 점원까지 갈리랄 법은 없으니 너는 걱정 없느니란 말인 듯싶었고, 사실 또 그게 근리한 말인 것 같아서 지레 놀란 것이 무색했다.

"누가 샀는데요?"

"뭐, 어떤 '가모'가 하나 덤벼들어설랑, 허허허허, 제기할 것……."

"……"

"헌데…… 초봉이 말이야?…… 나허구 같이 서울루 가지이? 서울……."

"서울루, 요?"

초봉이는 알아듣고도 모를 소리여서 뚜렛뚜렛하는 것이다.

"응, 서울루."

"어떻게?"

"어떻게라니 차 타구 가지? 걸어 가잴까 봐서? 허허허허, 제기할 것."

"그래두 전 무슨 말씀인지."

"모를 건 뭣 있나? 서울루 가서 시방 여기서처럼 일보아 주면 되지."

"네에!"

초봉이는 그제야 겨우 고개를 끄덕끄덕한다.

"인제 알겠지?…… 그래, 서울루 가요. 서울루 가면 내 정식으루 월급두 나우 주지. 그때는 시방처럼 이런 여점원이 아니라 사무원이야 사무원. 그리구 나는 응? 척 지배인 영감입시구, 허허허허. 박제호가 인전 선영 명당바람이 나나 부다, 제기할 것."

"무얼 시작하시는데?"

"제약회사야 제약회사. 이거 봐요, 내가 몇 해 전버텀두 그걸 하나 해볼 양으루 별렀단 말이야. 그거 참 하기만 하면 도무지 어수룩하기가 뭐 짝이 없거든. 글쎄 삼십 전이나 오십 전 딜여서 약을 맨들어 가지군 뭐, 어쩌구 어쩌구 하다구 풍을 쳐서 커다랗게 신문에다 광고를 내면 말이야, 헐라치면 십 원씩 내구 사다 먹어요! 십 원씩을. 제깐놈들이 뭐 약이 어쩐지 아나 머. 그래 열 곱 스무 곱 남아요. 십 년 안에 삼십만 원 이상 벌어 놀 테니 보라구, 삼십만 원."

"어쩌문!"

"그럴듯하지? 거 봐요. 그래서 이번에 그걸 하기루 돈 낼 사람이 나섰단 말야. 그자가 사만 원 내놓구, 내가 이만 원 내놓구, 주식회사 무슨 제약회사라구 쓱, 응? …… 자본금은 삼십만 원이구, 사장에 아무개요, 지배인에 박제호요, 허허허허, 제기할 것. 그러느라구 이것두 판 거야. 팔아두 숫지게 팔았지. 이천 원 딜여서 설비해 놓구, 십 년 동안 전 만 원이나 모으구, 그리구 나서 오천 원을 받았으니, 허허허허, 제기할 것…… 세상이 아직두 어수룩하단 말이야, 어수룩해. 이걸 오천 원에 사는 '가모'가 있지를 않나, 삼사십 전짜리 약을 맨들어서 광고를 크게 내면, 저희가 광고요금꺼정 약값에다가 껴서 내구 좋다구 사다 먹질 않나. 그러니 장사해 먹는 이놈이 손복할 지경이지. 생각하면 벼락을 맞일 일이야. 허허허허, 제기할 것."

초봉이는 흐무진 것 같기는 해도, 어수선해서 무엇이 무엇인지 속을 알 수가 없었다.

"그건 그렇구. 그래 그러니 초봉이두 날 따라서 서울루 같이 가요. 글쎄 조로케 이쁘구 좋게 생긴 아가씨가 이따우 군산바닥에 묻혔어야 바랄 게 있나?…… 서울루 가야만 다아 좋은 신랑감두 생기구 허지, 흐흐흐…… 그리구 아버지가 혹시 반대하신다면 내 쫓아가서 우겨 재키지 않으리? 만약 어머니 아버지가 서울 보내기 안심이 안 된다면, 머 내가 우리집에다 맡아 두잖으리? 그러니, 이따가 집에 가거들랑 어머니 아버지한테 위선 말씀을 해요. 그리구 가게 되면 이달 보름 안으루 가야 할 테니깐, 그리 알구, 응?"

"네에."

초봉이는 승낙하는 요량으로 대답을 한다. 사실로 그는 어느 모로 따지고 보든지 제호를 따라 서울로 가게 되는 것이 기쁜 일이었었다.

제호는, 그렇다. 방금 한 말대로, 여러 해 두고 벼르던 기회를 만나 그야말로 평생 팔자를 고칠 커다란 연극을 한바탕 꾸미게 되니 엉덩이가 절로 들썩거리게 만족한 판이다. 그러니 얼굴 묘하게 생긴 계집애 하나쯤 그리 대사가 아니다.

만일 초봉이로 해서 일에 걸리적거림이 있다든가, 또

그게 이미 손아귀에 들어온 애물이라고 하더라도, 일을 하는 데 필요만 하다면 도로 배앝아 놓기를 주저하지 않을 경우요 그럼직한 인물이다. 그러나 초봉이와 일과는 아무런 상극도 되지를 않는다. 그럴 뿐 아니라, 초봉이는 제호한테 진실로 웃음을 빚어 주는 한 송이의 꽃인 것이다.

제호는 아내에게 늘 볶여 지내기만 하지, 가정에 대한 낙이라고는 없다. 그러한 그에게, 이쁜 초봉이를 손 닿는 데 두어 두고 시시로 바라보는 것은 큰 위안이 아닐 수 없던 것이다.

물론, 안면 있는 친구의 자녀라는 것이며, 나이 갑절이나 층이 져서 자식뻘밖에 안 된다는 것이며, 아내의 감시며, 그리고 무엇보다도 초봉이가 미혼 처녀라는 것 때문에 그의 욕망은 행동으로 발전을 하지는 못한다. 사실상, 일반으로 중년에 들어선 기혼 남자는 그가 패를 차고 다니는 호색한이 아니면 미혼 처녀에게 대해서 강렬한 호기심을 갖기는 가지면서도 한편으로는 그러나, 그 미혼 처녀라는 것이 무엇인지 모르게 겁이 나고 조심이 되어 좀처럼 그들의 욕망을 행동화하지 못하도록 견제를 하는 수가 많다.

초봉이에게 대한 제호의 경우가 역시 그러한데, 그러나 (아니, 그렇기 때문에 오히려) 초봉이를 놓치고 싶질 않던 것이다.

여섯시가 되기를 기다려 초봉이는 가게를 나섰다. 오후의 한가한 해가 서편으로 기울고, 하늘은 한빛으로 푸르다. 너무 맑고 푸른 것이 되레 그대로 두기가 아깝고, 흰구름 조각 한두 장쯤 깔아 놓았으면 좋을 것 같다.

아침에도 그랬고, 어제 그저께부터도 그랬지만 정거장 둘레의 포플러 숲과 그 건너편의 낮은 산이 처음 보는 것같이 연푸른 초록으로 훤하게 피어오른다.

어디 포근포근한 잔디밭이라도 있으면 퍼근히 좀 주저앉아 놀고 싶어지는 것을, 그러한 느긋한 마음과는 딴판으로 종종걸음을 쳐서 제일보통학교 앞을 지나 집이 있는 둔뱀이로 가고 있다.

학교 마당에서는 아이들이 몇만 놀고 있다. 초봉이는 혹시 형주가 그 속에 섞여 있나 하고, 철사 울타리 안으로 눈여겨 들여다보기는 했으나, 물론 있을 턱이 없었다.

머리 위로 솟은 아카시아나무에서 달콤한 향내가 가득 번져 내린다. 초봉이는 끌리듯 고개를 쳐들고 높다랗게 조랑조랑 매달린 아카시아 꽃송이를 올려다보면서 절로 미소를 드러낸다.

조금 아까만 해도 초봉이는 이러한 마음의 여유는 없었다. 그러나 지금은 꽃향기에 마음놓고 웃을 수가 있는 것이다.

제호를 따라 서울로 가기로 아주 마음에 작정을 했다. 모친은 선뜻 그러라고 할 것이고, 좀 반대를 한다면 부친이겠는데, 잘 이야기를 하고 또 모친과 제호가 우축좌축을 하면 역시 승낙을 할 것이다.

제호가 아까, 월급도 한 사십 원 준다고 했으니까, 우연만하면 삼십 원은 집으로 내려보낼 수가 있고, 또 종차 형편을 보아 집안이 통 서울로 이사를 해갈 수도 있을 것이다.

서울! 서울! 늘 가고 싶던 서울이다.

서울은 사년급 때 수학여행으로 한번 구경을 가기는 했었다. 그러나 그렇게 지날 결에 한번 구경한 것으로는 초봉이가 동경하던 서울의 환상을 씻지 못했다. 그는 서울이면, 그때에 본 것보다는 더 아름답고, 더 즐거움이 있으려니 지금도 생각하고 있다.

하던 참이라, 이렇게 뜻밖에 서울로 가게 된 것이 기쁘고, 그리고 인제 무엇인가--그게 어떠한 무엇인지는 몰라도--무엇인지 좋으려니 싶던 것이다.

하기야 그렇게 기쁘던 끝에 문득 윤희를 생각하고, 이건 일이 모두 와해되나 하면 낙심이 되기도 했었다.

윤희가 방해를 놀면 별수없이 못 가고 말 것이었었다. 해서, 그게 걱정스럽고, 그래 하다못해, 무얼 그것도 제호가 좋도록 다 이러고저러고 해서 역시 따라가게 되겠지 하고 짐짓 저를 안심시켰다.

또 한 가지, 승재와 매일 전화도 못 하고 서로 멀리 떨어지게 되는 것, 이것이 여간만 섭섭한 게 아니었었다.

그러나 그것도 이럭저럭 좋도록 제 마음을 무마해 놓았다. 승재는 시험을 보느라고 가끔 서울은 다닐 터이니까, 간혹 만날 수가 있을 것이고, 그러는 동안에는 시방의 전화 대신 편지나 서로 하면서 지내고, 그러노라면 승재도 종차 서울로 올라오겠거니 해서 역시 안심을 했던 것이다.

한참이나 생각에만 잠겨 무심코 걸어가던 초봉이는, 머리 위로 향기를 뿜는 아카시아나무를 또 한번 올려다보고는 방싯 웃는다.

3. 신판(新版) 「흥부전(興甫傳)」

일곱시가 거진 되어서 정주사는 탑삭부리 한참봉네 싸전가게를 나섰다.

장기는 세 판을 두어 두 판은 이기고 한 판은 지고 해서, 삼판 양승으로 정주사가 개선가를 올렸다.

그러나 장기는 이겼대도, 배는 부르지 않았다.

또 마지막에 탑삭부리 한참봉의 차(車) 죽은 것을 물려주지 않아서, 그래 비위를 질러 놓기 때문에 쌀 외상 달란 말도 내지 못했다.

정주사는 정말로 꼬르륵 소리가 나는 배를 허리띠를 졸라매면서 천천히 콩나물고개로 걸어가고 있다.

시방 싸전집 아낙 김씨가 하던 말을 되생각하면서, 그가 꼭 그렇게 합당한 신랑감을 골라 중매를 서주려니 싶어 느긋이 좋아한다. 우선 배야 고프고 당장 저녁거리야 없을망정 그것 하나만은 퍽 든든했다.

그놈의 것, 기왕이니 내일이라도 혼담이 어울려, 이달 안으로라도 혼인을 해치웠으면 더 좋을 성싶었다.

그러기로 들면 적으나마 혼수비를 무엇으로 대며, 또 초봉이가 지금 다달이 이십 원씩이나 물어 들이는 그것

마저 끊길 테니, 이래저래 두루 걱정은 걱정이다.

그러나 그렇다고 딸자식이 벌써 스물한 살인데 계집애로 늙히자고 우두커니 보고만 있을 수도 없는 노릇, 아무 때 당해도 한 번은 당할 일인 걸, 늦게 한다고 어디서 돈이 솟아날 바 없고 하니, 그저 이 계제에 바싹 서둘러서 아무렇게나 해치우는 게 도리는 도린데…….

도리는 도린데, 그러나 당장 조석을 굶고 있는 형편에 무슨 수로? 나는 데는 그만 궁리가 딱 막혀 가슴이 답답해 온다. 하다가 문득, 그야말로 하늘이 무너져도 솟아날 구멍이 있다더니 참으로 문득, 이런 생각이 훤하니 비치더란 말이다.

"혹시……? 응, 응…… 그래!"

물론, 그것이 점잖은 터에 자청해서 말을 낼 수는 없지만, 저쪽 신랑 편에서 혼수 비용 전부를 대서 혼인을 하겠다고 할는지도 모르는 것이다.

좀 창피한 일이다. 그러나 어쩔 수 없는 형편이다.

"원 어디 그럴 법이야 있나!"

이렇게쯤 중매 서는 사람한테든지, 혹은 직접 신랑 편 사람한테든지, 낮닦음으로 사양을 해보다가 못 이기는 체하고 응낙을 하고, 하면 실없이 괜찮을 노릇이다.

그렇게 슬슬 얼버무려 혼인을 하고, 혼인을 하고 나서는 그 신랑이라는 사람이 속 트인 사람이고, 돈냥이나 제 손으로 주무르는 형편이면, 또 혹시 몇백 원이고 몇천 원이고 척 내주면서,

"아 거 생화도 없이 놀고 하시느니 이걸로 무슨 장사라도 소일40)삼어 해보시지요?"

이러랄 법도 노상 없지는 않을 것이다. 그 애 초봉이가 그렇잖은 아이니까, 제 남편더러 그렇게 해달라고 조르기라도 할는지 모르는 것…….

그래 저희들이 그런 소리를 하거들랑 짐짓,

"원, 그게 될 말이냐!"

고,

"그래서야 내가 돈에 욕기가 나서 혼인을 한 것이 되지 않느냐?"

고 준절히 이르다가 그래도 저희들이며 옆엣사람들이 나서서 무얼 그러느냐고 권면은 할 테니까, 그때는 못 이기는 체하고 그 돈을 받아…… 한밑천삼아서 장사를 해…… 미상불 그렇게 어떻게 잘만 하면 집안 셈평도

---

40) 어떠한 것에 재미를 붙여 심심하지 아니하게 세월을 보냄을 이르는 말로 '소일거리'로 표현됨.

펼 수도 있기는 있으렷다!

정주사의 이 공상은 이렇듯 그놈이 바로 희망으로 변하고, 희망은, 희망이 간절한 만큼 다시 확신으로 굳어 버리던 것이다.

'둔뱀이'는 개복동보다도 더하게 언덕비탈로 제비집 같은 오막살이 집들이 달라붙었고, 올라가는 좁다란 골목길은 코를 다치게 경사가 급하다.

'흙구더기'까지 맞닿았던 수만 평의 논은 다 없어지고, 그 자리에 집이 들어앉고 그 한복판으로 이 근처의 집 꼬락서니와는 얼리지 않게 넓은 길이 질펀히 뻗어 들어왔다. 그놈을 등 너머 신흥동으로 뽑으려고 둔뱀이 밑구 멍에 굴을 뚫을 계획이라는데, 정주사네 집은 바로 그 위에 가서 올라앉게 되었다. 그래 정주사는 굴을 뚫다가 그놈이 혹시 무너져서 집이 퐁당 빠지기나 하는 날이면, 집이야 남의 셋집이니 상관없지만 집안의 사람들이 큰일 이라고 슬며시 걱정이 되는 때도 있다.

정주사는 집 가까이 와서 비로소, 번화할 초봉이의 혼인과 및 그 결과 대신, 오도카니 굶고 있을 집안 식구들 을 생각하고는 맥이 탁 풀린다.

그러나 그는 지쳐 둔 일각대문[41]을 힘없이 밀고 들어서다가, 뜻하지 않은 광경을 보았다. 초봉이가 부엌에서 밥을, 죽도 아니요 적실히 밥을 푸고 있고, 계봉이는 밥그릇을 마루로 나르고 있지를 않느냔 말이다.

오늘은 정주사한테 액일도 되지만, 좋은 일도 없지는 않은 날인가 보다.

밥이야 어인 밥이 되었든, 정주사는 밥을 보니 얌체없는 배가 연신 꼬로록거리고, 오목가슴이 잡아 훑듯이 쓰리다. 어금니에서는 어서 들어오라고 신침이 홍건히 흘러 입으로 그득 괸다. 대문 소리에 계봉이가 돌려다보더니,

"아이, 아버지 들어오시네……."

해뜩 웃으면서 방으로 대고,

"……병주야 병주야, 아버지 오셨다, 아버지 오셨어!"

연신 소리를 친다.

계봉이의 뒤통수에서는 몽땅하게 자른 '뽑' 단발이, 몸을 흔드는 대로 까불까불한다. 정주사는 이 까부는 단발과 깡총한 치마 밑으로 통통한 맨다리가 드러나 보이는 것이 언제고 눈에 뜨일 때마다 마땅치가 못해서 상을 찌푸린다.

---

41) 一角大門. 대문간이 따로 없이 양쪽에 기둥을 하나씩 세워서 문짝을 단 대문.

초봉이가 밥을 푸다 말고 반겨 부엌문을 나서면서,

"아이, 아버지!"

하다가 부친의 초졸한[42] 안색에 얼굴이 흐려진다.

"……시장허실 텐데!"

"오냐, 괜찮다."

정주사는 눈을 연신 깜작깜작, 대답을 하면서 대뜰로 올라서는데, 미닫이를 열어 논 안방에서 막내동이 병주가 퉁탕거리고 뛰어나온다.

"아버지이, 이잉……."

노상 흘려 두는 콧물에, 방금 울다가 그쳤는지 눈물 콧물을 온 얼굴에다 쥐어바르고 어리광으로 울상을 하면서 달려들어 부친에게 안긴다.

"오냐, 병주가 또 울구 떼썼구나?"

정주사는 손가락으로 병주의 콧물을 훑어다가 닿는 대로 마룻전[43]에 씻어 버린다. 병주는 아직 얼굴에 남아 있는 놈을 부친의 그 알량한 단벌 두루마기에다가 문대면서 냅다 주워섬긴다.

"아버지 아버지, 내 양복허구, 내 모자허구, 내 구두허

---

42) 초졸(憔猝)하다: 병이나 고생, 근심 등으로 여위고 파리하여 볼품이 없다.
43) 마루의 가장자리.

구, 내 자전거 허구, 또 내 **빠나나**허구……."

이렇게 정신없이 한참 외다가 비로소 헛다방인 것을 알고서,

"히잉, 안 사왔구만, 히잉 히잉……."

"오냐 오냐, 오늘은 돈이 안 생겨서 못 사왔으니 내일 은 꼭 사다 주마. 자아 방으로 들어가자, 우리 병주가 착해."

달래면서 병주를 안고 안방으로 들어가고, 건넌방에서 는 숙제를 하는지 엎드려 있던 형주가 그제야 고개를 내밀다가 만당 아무것도 사가지고 들어오지 않은 아버지 는 나서서 볼 필요도 없던 것이다.

방에서는 부인 유씨가 서향한 뒷문 바투 앉아서 돋보 기 너머로 바느질을 하느라고 고부라졌다. 유씨는 아직 그럴 나이도 아니면서 눈이 어두워, 돋보기가 아니고는 바느질을 한 코도 뜨지 못하던 것이다.

"시장한데 어딜 그러구 돌아다니시우?"

유씨는 올려다보지도 않고 그대로 앉은 자리만 따들싹 하는 시늉을 한다. 어디라니, 번연히 미두장에 갔다가 오는 줄 몰라서 하는 말은 아니다.

"그건 웬 거요?"

정주사는 초봉이가 또 월급을 선대받아 왔으리라고는 생각할 수가 없고, 지금 유씨가 만지작거리고 있는 바느질감이 들어온 덕에 그놈 바느질삯을 미리 받아다가 밥을 하느니라고 짐작했던 것이다.

"내가 해입구 시집갈려구 끊어 왔수."

유씨는 웃지도 않고 천연스럽게 실없는 소리를 한다.

"저 봐라! 병주야……."

정주사는 두루마기를 벗으면서, 다리에 매달려 이짐을 부리는 병주더러 한다는 소리다.

"……네가 말을 안 듣구 그러니깐 엄마가 시집가 버린 단다! 응?"

"아냐, 거짓뿌렁야. 내 양복허구, 내 모자허구, 내 구두 허구, 내 자전거허구, 그리구 빠나나랑, 얼음사탕이랑, 사다 준다구 하구 거짓뿌렁이만 하구, 잉……."

"내일은 정말 사다 주마."

"시타, 이잉, 또 거짓뿌렁할려구. 밤낮 거짓뿌렁만 허 구."

병주는 앉은 부친의 무릎으로 기어올라 아래턱의 노랑 수염을 훑으려 쥐고 잡아 흔든다.

"아프다, 이 자식아! 아이구 아이구……!"

정주사는 턱을 내밀고 엄살을 하다가,

"내일은 꼭 사다 주마, 꼭."

"거짓뿌렁이야."

"거짓뿌렁 않구 꼭 사다 주어, 꼭."

정주사는 속으로 너를 위해서라도, 네 큰누이의 혼인이 어서 바삐 그렇게 얼려야 하겠다고, 절절히 결심(!)을 더 했다.

"제호가 서울루 간답디다."

유씨는 초봉이한테서 이야기를 먼저 들었었다. 그리고 모녀간에는 벌써 합의가 되었었다.

"제호가? 서울루?"

정주사는 그다지 놀라질 않는다.

"……어째, 무슨 일루?"

"서울 가서 크게 장사를 시작한다구. 가게두 벌써 팔았답디다…… 그리구 우리 초봉이더러두 서울루 같이 가잔다구 헌다우."

"초봉이더러?"

이렇게 되짚어 묻는 말의 운이 벌써 마땅치 않다는 것은 분명하다.

"서울루 가면 월급두 한 사십 원씩 주마구, 또 객지루 혼자 내보내기가 집에서 맘이 뇌지 않는다면, 자기가 자기네 집에서 같이 데리구 있겠다구."

"거, 안 될 말……."

정주사는 서너 시간 전과도 달라 시방은 아주 흐뭇한 계획과 희망이 들어차서 있기 때문에, 서울이며 월급 사십 원쯤, 그런 소리는 다 귀에 들리지도 않는다.

"……월급은 사십 원 아니라 사백 원을 준다기루서니, 또 아무리 아는 친구의 집에 둔다기루서니, 장성한 계집애 자식을 어디 그렇게 함부루 내놓는 법이 있소? 나는 지금 예서 거기 다니는 것두 마땅찮은데……."

이 말은 노상 공연한 구실말은 아니다. 정주사는 마음먹은 혼인도 혼인이려니와, 가령 그것이 아니더라도 섬뻑 서울까지 보내기를 많이 주저할 사람이다.

"그래두 내 요량 같아서는 따라 보내는 게 좋을 것 같습니다. 집에다 둬선 무얼 하겠수? 육장 굶기기나 허구."

"그러니 어서 마땅한 자리를 골라서 여워 버려야지."

"말은 좋수……."

유씨는 시쁘다는 듯이 돋보기 너머로 남편을 넘겨다본다.

"……하루 한 끼 먹기두 어려운 집구석에서 무슨 수루

혼인을 허우?"

"그렇다구 계집애루 늙히나?"

"누가 계집애루 늙힌다우? 그렇게 가서 있으면, 제가 버는 것을 모아서라두 시집갈 밑천은 장만할 것이구, 또 제호 손에서 치어나면, 아따 무엇이라더냐, 시험을 보아서 장래 벌이두 잘하게 된다구 하니까, 두루두루 좋은 거린데, 왜 덮어놓구 막기만 허시우?"

"세상일이 다아 그렇게 맘먹는 대루만 되구 탈이 없으면야 무슨 걱정이야?"

"맘먹은 대루 안 될 것은 무엇 있수? 대체 십 년이나 없는 살림에 애탄44)가탄45) 공부를 시켰으니, 그런 보람이 있게 해야지, 어쩌자구 가난해 빠진 집구석에다가 붙들어만 두려구 드시우? 당신은 의관하구 다니면서 치마 둘른 날만치두 개명은 못 했습니다."

"그런 개명 부럽잖아…… 여편네가 얼개명한 건 되려 못쓰는 법이야."

필경 티격태격하면서, 보낸다거니 안 보낸다거니 서로 우겨 댄다.

---

44) 哀歎(슬피 탄식함).
45) 可歎(어떤 일이나 상황이 잘못되어 마음으로 느끼기에 탄식할 만함).

오늘뿐이 아니라 언제고, 일이 이렇게든지 저렇게든지 끝장이 날 때까지는 둘이 다 지지 않고 고집을 세운다. 그러나 이 부부가 의견이 달라 가지고 서로 우겨 대다가, 필경 가서 누가 이기느냐 하면 영락없이 부인 유씨가 이기고 나선다.

그러니까 이번 일도 만일 달리 마새[46]가 생기지만 않으면 초봉이는 마음먹은 대로 제호를 따라 서울로 가게 될 게 십상이다.

초봉이는 계봉이의 밥까지 수북하게 다 푸고 나서, 마지막으로 제 몫을 바라진 양재기에다가 반이나 될락말락하게 주걱데기를 딱 긁어 붙이고 솥에다 숭늉을 붓는다.

계봉이는 주걱데기를 시쁘게 집어 들면서 엄살하듯 한단 소리가,

"애개개! 요게 겨우 언니 밥이야?"

하나, 이건 그게 혹여 제 몫일까 봐서 꾀를 쓰는 소리.

"그 밥이 왜 적으냐?"

초봉이는 소댕을 덮고 부뚜막에서 일어선다.

"……너 아버지 진지랑 식잖게 뚜껑 덮었니?"

---

46) '말썽(일을 들추어내어 트집이나 문젯거리를 일으키는 말 또는 행동)'의 방언(평북).

"시방 잡술 걸 뚜껑은 덮어선 무얼 해? 자아 인전 어서 국 퍼요."

"국은 불을 더 때야겠다. 아직 더얼 끓었어⋯⋯ 나가서 뚜껑 찾아서 잘 덮어 봐라, 굳잖게."

초봉이는 물렸던 장작개비⁴⁷⁾를 도로 지피고 불을 살군다.

"아이, 배고파 죽겠구면. 언니두 배고프지?"

"나는 괜찮어."

"멀! 배고프문서두⋯⋯ 언니 이따가 내 밥 같이 먹어, 응?"

"그래, 걱정 마라. 나는 누룽지두 훑어다 먹구 할 테니깐 네나 많이 먹구 배고프단 말 말아."

"그럼 머 인제 어머니가, 이년, 네 언니는 주걱데기하구 누룽지만 멕이구 너는 혼자서 옹근 사발엣밥 차구 앉어 고질고질 처먹구 있어? 이렇게 욕허게?⋯⋯ 아이참, 어머닌 나는 밉구, 언니만 이쁜가 봐? 그렇지? 언니."

"계집애가 별소릴 다 하네!"

초봉이는 웃으면서 눈을 흘긴다. 계봉이는 하하 웃고

---

47) 쪼갠 장작의 낱개.

부엌에서 뛰어나와 방으로 들어간다.

초봉이는 아궁이 앞에 앉아 지금 방에서 어머니와 아버지가 하고 있는 그 이야기가 어떻게 돼가는가 해서 궁금히 생각을 하고 있는데, 삐그럭 중문 소리에 연달아 뚜벅뚜벅 무거운 구두 소리가 들린다. 초봉이는 보지 않고도 그것이 승재의 발자국 소린 줄 안다.

초봉이는 승재와 얼굴이 마주쳤다. 승재는 여느때 같으면 히죽이 웃으면서 그냥 아랫방께로 갔을 것이지만, 오늘은 할말이 있는지 양복 저고리 포켓에다 손을 넣고 무엇을 찾으면서 주춤주춤한다.

초봉이는 고개를 돌이켰어도 승재가 말을 해주기를 기다린다. 그랬으면 초봉이도 그 말 끝에 잇대어 아까 가게에서 풍파가 났던 이야기도 하고…… 하면 재미가 있을 것 같았다.

그러나 둘이는 내외를 한다거나 누가 금하는 바는 아니지만, 딱 마주쳐서 어쩔 수 없는 때나 아니고는 섬뻑 말이 나오지를 않는다. 그들은 처음부터 그렇게 버릇이 되었다. 한 것은, 가령 승재가 안에 기별할 말이 있다든지, 안에서 초봉이가 승재한테 무엇 내보낼 것이 있다든지 하더라도, 직접 승재가 초봉이한테, 또는 초봉이가 승재한테 해도 관계치야 않겠지만, 그러나 손아래로 아이들이 있는 고로, 다만 숭늉 한 그릇을 청한다 하거나, 내보내거나 하는 데도 자연 아이들을 부르고 아이들을 시키고 하기 때문에, 그게 필경 버릇이 되고 말았던 것이다.

숭재가 방을 세로 얻어 든 것이 작년 세안이라 하지만, 그러기 때문에 둘이는 제법,

"나 숭잽니다."

"초봉이어요."

이만큼이라도 말을 주고받기라도 하기는 금년 이월 초봉이가 제중당에 나가서부터다.

초봉이가 기다리다 못해, 그것도 잠깐이지만 도로 고개를 돌리니까, 숭재는 되레 무렴해서 벌찐 웃고 얼른 아랫방께로 걸어간다.

초봉이는 숭재가, 대체 무슨 말을 하려다 못 하고 저러나 싶어서, 그의 하던 양이 우습기도 하거니와 한편 궁금하기도 했다.

안방에서는…….

내외간의 우김질은, 아이들이 초봉이만 부엌에 있고 모두 몰려드는 바람에 흐지부지 중판을 메고 묵묵하다.

식구들은 누구나 다 말은 안 해도, 밥상이 어서 들어왔

으면 하는 눈치다.

계봉이는 모친이 주름을 잡고 있는 남색 '뱀베르크'[48] 교직치마를 몇 번째 만져 보다가는 놓고, 놓았다가는 만져 보고 해쌓는다.

그러다가 마침내 어리광하듯,

"어머니?…… 나두 이런 치마 하나만."

말은 해놓고도 고개를 오므라뜨리고 배식이 웃는다.

"속없는 계집애년!"

유씨는 돋보기 너머로 눈을 흘기다가 생각이 나서,

"……너는 네 형 혼자만 뺄겨 놓구, 이렇게 퐁당 들어앉아서 고따위 소갈머리없는 소리만 하구 있니?"

"다아 된걸, 머……."

계봉이는 그만 무렴해서 치마 만지던 손을 건사를 못해한다.

"국두 더얼 끓었는데 다 돼? 본초 없는 것이, 어디서……."

계봉이는 식식 하고 웃목으로 가서 돌아앉아 버린다.

"요년, 냉큼 일어나서 나가 보지 못하느냐?"

---

48) Bemberg. 인조견; 상표명.

"어이구 어머니두, 어머닌 내가 미워 죽겠나 봐?"

계봉이는 볼때기를 축 처뜨리고 울먹울먹, 발꿈치를 콩콩 구르고 마루로 나와서 부엌으로 내려간다.

그 볼때기하며, 계봉이는 성질도 그렇거니와 생김새도 형 초봉이와는 아주 딴판이다.

계봉이는 몸집이고 얼굴이고 늘품이 있다. 아무 데고 살이 있어서 북실북실하니 탐스럽다. 코가 벌씸한 것은 사람이 좋아 보이나, 처진 볼때기에는 심술이 들었다. 눈과 이마도 뚜렷하니 어둡지가 않다. 그러한 중에도 제일 좋은 것은 그의 입이다.

마음을 탁 놓고 하하 웃을 때면, 시원스럽게 떡 벌린 입으로 그리 잘지 않은 앞니가 하얗게 드러나기까지 하여, 보는 사람도 속이 후련하다.

초봉이의 웃는 입은 스러질 듯이 미묘하게 아담스럽지만, 계봉이의 웃음은 훤하니 터져 나간 바다와 같이 개방적이요, 남성적이다. 그런만큼 보매도 믿음직하다.

계봉이는 아직 활짝 피지는 않았다. 그러나 오래잖아 초봉이의 남화(南畵)⁴⁹⁾답게 곱기만 한 얼굴보다 훨씬 선

---

49) 남종화. 산수화의 2대 화풍 가운데 학문과 교양을 갖춘 문인들이 비직업적으로 수묵과 담채를 써서 내면세계이 표현에 치중한 그림의 경향.

이 굵고, 실팍한 여성미를 약속하고 있다.

이 집안의 사남매는 계봉이와 형주와 병주가 한 모습이요, 초봉이가 돌씨같이 혼자 딴판이다. 그러나 그 두 모습이 다 같이 정주사나 유씨의 모습은 아니다. 초봉이는 부계(父系)의 조부를, 계봉이와 형주 병주는 모계(母系)로 외탁을 했다.

초봉이는 부뚜막에 꾸부리고 서서 국을 푸다가 계봉이를 돌려다보다가 웃으면서,

"왜 또, 뚜— 했니?"

"나는 머 어디서 얻어다 길렀다나? 자꾸만 구박만 허구."

계봉이가 잔뜩 부어 가지고 서서 두런두런 두런거리는 것을, 초봉이는 그 꼴이 하도 우스워서 손을 멈추고 자지러지게 웃는다.

"깍쟁이가 왜 자꾸만 웃구 있어! 남 약올르라구."

"저 계집애가 왜 저래? 내가 무어랬니?"

초봉이는 그대로 웃는 얼굴이나, 부드럽게 타이른다.

"……이집 부리지 말구 어서 아버지 진지상 가지구 들어가아…… 아버지 시장하시겠다. 너두 배고프다믄서 먼첨 먹구."

초봉이는 부친과 병주와 맞상을 본데다가, 국을 큰놈 작은놈 한 그릇씩 올려놓고, 그 나머지 세 오뉘와 모친이 먹을 국은 큰 양재기에다 한데 퍼서 딴 상에 올려놓는다. 따로따로 국을 푸재도 입보다 그릇이 수효가 모자란다.

밥상에는 시커멓게 빛이 변한 짠 무김치 한 접시와 간장에 국뿐이다. 철 늦은 아욱국이기는 하지만, 된장기를 한 구수한 냄새가 우선 시장한 배들을 회가 동하게 한다.

계봉이는 다른 때 같으면 아직 더 고집을 쓰겠지만, 제가 원체 시장한 판이라 직수굿하고 부친의 밥상을 방으로 날라다 놓고 다시 나온다.

그 동안에 초봉이는 승재 방으로 들여보낼 자리끼 숭늉을 해가지고 서서 망설인다.

진작부터 초봉이는 밤저녁으로 승재가 목이 말라도 조심이 되어 물을 청하지 못할 줄을 알고, 언제든지 제가 저녁밥을 짓게 되는 날이면 이렇게 자리끼 숭늉을 해서 내보내곤 한다.

오늘도 숭늉을 해 들고, 기왕이니 든 길에 내 손으로 내다 주어 볼까 하고 벼르는 참인데, 마침 계봉이가 도로 부엌으로 나오니까, 장난을 하다 들킨 아이처럼 무렴해서 얼핏 계봉이더러 갖다 주라고 내맡긴다.

"싫여!…… 왜 내가…… 난 싫여."

계봉이는 아직도 심술났던 것이 덜 풀린 채로 쏘아붙이는 것이다.

"싫긴 왜 싫여? 남 밤중에 목마른 때 먹으라구 숭늉 한 그릇 해다 주믄 좋잖으냐?"

"조믄 나두 좋아? 언니나 좋지……."

"머?"

초봉이는 소스라치게 놀라서 무어라고 말을 할 줄을 모르고 기색이 당황해진다.

"하하하하, 아하하하……."

계봉이는 언제 심술이 났더냐는 듯이 싹 풀어져 가지고 웃어 대다가,

"……내가 옳게 알아맞혔지? 저 얼굴 빨개지는 것 좀 봐요! 하하하하."

"저 애가!"

"암만 그래두 난 못 속인다누, 하하하하. 자아, 그럼 내가 메신저 노릇을 해주지, 헴……."

계봉이는 그제야 자리끼 숭늉을 받아 든다.

"……그렇지만 조심해야 해. 혹시 내가 남서방을 태클할는지도 모르니깐, 응? 언니?"

"너 이렇게 까불 테냐?"

나무라면서 때릴 듯이 으르니까, 계봉이는 해뜩 돌아서서 아랫방께로 달아나느라고 질름질름 숭늉을 반이나 흘린다.

초봉이는 나머지 밥상을 집어 들고, 뒤를 돌려다보면서 안방으로 들어간다.

계봉이는 아랫방문 앞으로 가더니 일부러 사나이 목소리를 흉내내어,

"헴, 남군 있소?"

"거 누구?"

미닫이를, 계봉이는 그래도 승재의 대답 소리를 듣고서야 연다.

승재는 아까 돌아올 때의 차림새 그대로 책상 앞에 가 앉아서 책을 보다가 고개를 돌리고 히죽 웃는다.

돌아올 때의 차림새라고 했지만, 극히 간단해서 위아랫막이를 검정 서지로 만든 쓰메에리50) 양복 그것뿐이다.

이놈에다가 낡은 소프트를 머리에 얹었으면 장재동(藏財洞)에 있는 병원과 이곳 거처하는 초봉이네 집을 오고

---

50) 깃닫이. (일본어) tsumeeri[詰襟]. 깃의 높이가 4cm쯤 되게 하여, 목을 둘러 바싹 여미게 지은 양복, 학생복으로 많이 지었다.

가는 도중에 있을 때요, 그 위에다가 흰 가운(진찰복)을 걸친 때는 병원에서 의사 노릇을 하는 때요, 또 한 가지, 게다가 낡아빠진 왕진가방을 들었을 때는 근동(近洞)[51]의 가난한 집에 병을 보아 주러 무료왕진의 청을 받고 가는 때다.

작년 겨울 승재가 이 방을 세얻어 든 뒤로 심동에 헌 외투 하나를 덧입은 것 외에는, 그의 얼굴이 변하지 않듯이, 그놈 검정 서지의 쓰메에리 양복도 반년이 지난 오늘까지 한 번도 변한 적이 없다. 그래서 대체 날이 더우면, 저 사람이 무슨 옷을 입고 나설 텐고? 이것이 다른 사람들도 다른 사람이거니와 초봉이한테는 재미스런 궁금거리이었었다.

그러나 그렇다고 승재라는 사람이 속세의 생활을 한고패 딛고 넘어서서 탈속(脫俗)[52]이 되었다거나, 달리 무슨 괴벽이 있어서 그러냐 하면 실상 그런 것은 아니다. 오히려 제 몸 감장도 할 줄 모르는 탁객(濁客)[53]인 소치다.

---

51) 가까운 이웃동네.
52) 속세를 벗어남. 현실적인 이익을 추구하는 마음으로부터 벗어남.
53) 탁보(막걸리를 몹시 좋아하는 사람을 빗대어 이르는 말).

그러한데다가 그는 또 가난하다.

승재는 본시 서울 태생이었었고, 다섯 살에 고아가 된 것을 그의 외가 편으로 일가가 된다면 되고 안 된다면 안 되는 어떤 개업의(開業醫)가 마지못해서 거두어 길렀다.

아이가 생김새와는 달리 재주가 있고 배우고 싶어하는 정성이 있음을 본 그 의사는 반은 동정심에서, 반은 어떻게 되나 하는 호기심에서 승재를 보통학교로부터 중등학교까지 졸업을 시켰다.

승재는 학교에 다니는 한편 주인의 진찰실과 제약실에서 자라다시피 했고, 더욱 그가 중등학교의 상급학년 때부터는 그 이상의 상급학교는 바랄 수 없음을 각오하고, 정성껏 진찰실의 실제 공부를 전심했다.

그리고 중학을 마친 뒤에는 이어 삼 년 동안을 꼬박 주인의 조수 노릇 하면서 의사시험을 치를 준비를 했다.

그리하는 동안에, 주인과는 미운 정 고운 정 다 들어, 주인도 승재를 어떻게 해서든지 의사시험에 잘 패스가 되어 의사면허장을 얻도록 해주려고 여러 가지로 지도와 편의를 보아 주었다. 그러나 그는 그 뜻을 이루지 못한 채, 승재를 그의 동창이요 이 군산서 금호의원을 개업하고 있는 윤달식(尹達植)이라는 의사에게 천거하는 소개장한 장만 남겨 놓고, 마침내 저세상 사람이 되어 버렸다.

이것이 승재가 이 군산으로 굴러오게까지 된 경로요
…….

승재가 금호의원으로 와서 있기는 재작년 정월인데, 그 동안 그는 작년 오월과 시월에 두 번 시험을 쳐서 반 넘겨 패스를 했다.

인제 남은 것은 제일부의 생리(生理)와 해부(解剖), 제 이부의 병리(病理)와 산부인과(産婦人科), 제삼부의 임상(臨床), 이 다섯 가지 과목뿐이다. 이 중에서도 임상에는 충분한 자신이 있기 때문에 일부러 뒤로 미룬 것이요, 그 나머지만 준비가 덜된 것인데, 어쨌거나 금년 시월이나 명년 오월이 아니면 시월까지의 시험을 치르기만 하면 넉넉 다 패스가 될 형편이다.

승재가 군산으로 와서 있으면서부터는 시험준비의 진보가 더디긴 했다. 매삭 사십 원의 월급에 매달려, 그만큼 일을 해주어야 하는 때문이다.

금호의원의 주인 의사 윤달식은 승재의 임상이 능란한데 안심하고, 거의 병원을 내맡기다시피 했다. 숙식(宿食)도 전부 병원에 달려 있는 자기 집에서 하게 했었다.

그리고 보니 밤으로도, 밤에 오는 환자와 입원환자 때

문에 승재는 공부를 할 시간이 없었다.

달식이도 죽은 친구의 부탁까지 맡은 터이라, 미안히 여겨 마침내 승재더러 따로 방을 얻어 가지고서 밤저녁의 거처 겸 조용히 공부를 하라고 여유를 주었다. 그래서 승재는 작년 봄부터 그렇게 했고, 그러던 끝에 작년 겨울에는 방을 옮기게 된 계제에 이 초봉이네 집으로 우연히 오게 된 것이다.

그러나 승재는 하필 병원에서 거처하기 때문에만 시험준비가 더디었던 것은 아니다.

"좀 더디면 어떨라구."

이런 늘어진 배포로서 그는 시험준비를 해야 할 의학서류는 제쳐놓고, 자연과학서류에 재미를 붙여 그 방면 옛것을 많이 읽곤 했다. 그래서 그가 거처하고 있는 이 방에도, 책상 하나, 행담 하나, 이부자리 한 채, 이 밖에는 아무것도 없는 허술한 방이지만, 한편 벽으로 천장 닿게 쌓은 것은 책뿐이요, 그 중에도 삼분지 이 이상이 자연과학서류다.

그뿐 아니라 조용히 들어앉아 공부를 하겠다고 따로 거처를 잡고 나온 그는 도리어 일거리 하나를 더 장만했다.

동네에 병자가 있어 병원에도 다니지 못하고 하는 사

람인 줄 알면, 그는 약도 지어서 주고, 다니면서 치료도 해준다. 그것이 소문이 나가지고, 이 근처의 일판에서는 걸핏하면 제 집의 촉탁의사나 불러 대듯이, 오밤중이고 새벽이고 상관없이 불러 댄다. 그래서, 시간도 시간이려니와 그 수응을 하느라고 매삭 돈 십 원씩이나 제 돈이 녹는다.

월급 사십 원을 받아서 그 중 십 원은 그렇게 쓰고, 이십 원은 책값으로 쓰고, 나머지 십 원을 가지고 방세 사 원과 한 달 동안 제 용돈으로 쓴다. 용돈이라야, 쓴 막걸리 한잔 사먹는 법 없고 담배도 피울 줄 모르고, 내의도 제 손으로 주물러 입으니까, 목간값이나 이발값이 고작이요, 그래서 처지는 놈은 책값으로 넘어가지 않으면 요새 몇 달째는 초봉이네 집에 방세를 미리 들여보내느라고 새어 버린다. 이렇듯 그는 가난하던 것이다.

그러나 그렇지만 가난 이외의 것을 모르니까, 그는 태평이다. 그는 제가 의사시험에 패스가 되어 의사면허를 얻게 될 것을 유유히 믿는다. 자연과학의 힘을 믿는다. 그리고 가난한 사람들의 병을 낫게 해주어 성한 사람이 되게 하는 것을 재미있어한다. 해서 근심도 초조도 없다.

"덩치는 덜씬 커가지구……."

계봉이는 승재가 언제나 마찬가지로 입은 다문 채 코를 벌씬하고 눈으로만 웃는 것을 마구 대고 놀려먹는다.

"……웃는 풍신이 그게 무어람! 그건 소가 웃는 거지 사람이 웃는 거야?"

승재는 계봉이의 하는 양이 도리어 귀엽다고 그대로 눈으로만 순하디순하게 웃고 있다.

"저거 봐요! 그래두 말을 안 듣구서 그래! 아 글쎄 기왕 웃을려거던 하하하하 이렇게 웃던지, 어허허허 이렇게 웃던지 웅? 입을 떠억 벌리구 맘을 터억 놓구서 한바탕 웃는 게 아니라, 그건 뭐야! 흠, 이렇게, 입을 갖다가 따악 봉해 놓구 앉어서 코허구 눈허구 웃는 시늉만 하구…… 앵! 그 청년 못쓰겠군. 거 좀 속시원하게 웃어 제치지 못한담매?"

"인제 차차 웃지."

승재는 수염끝이 비죽비죽 솟은 턱을 손바닥으로 문댄다.

"인제란 게 언제야? 남서방 손자가 시방 남서방처럼 턱밑에 그런 수염이 나면? 그때 말이지? 하하하하……!"

계봉이가 웃는 것을 보고, 승재는 아닌게아니라 너는

퍽 시원스럽게 웃는다고 탐탁해 바라다만 본다.

계봉이는 이윽고 웃음을 그치고 나서 자리끼 숭늉을 문턱 안으로 들여놓아 준다.

"자아 숭늉요…… 그런데 이건 거저 숭늉은 숭늉이지만 이만저만찮은 생명수요! 알아듣겠지? 그 말뜻을, 응?"

승재는 얼굴이 붉어지면서, 점직하다고 히죽히죽 웃기만 한다.

"하아! 저 청년이 왜 저렇게 무렴해하꼬? 무 캐먹다가 들켰나?"

계봉이는 마치 동물원에 간 어린아이들이 곰을 놀려먹듯 한다. 그는 지금 배가 고프지만 않았으면 얼마든지 장난을 하겠지만, 그만 하고 돌아선다.

마악 돌아서는데 승재가 황급하게,

"저어, 나 좀…….'

"무슨 할말이 있는고?"

"응, 저녁 해먹었지?"

승재는 아까 마당에서 하듯이 양복 저고리 포켓 속에 손을 넣고 무엇을 부스럭부스럭 찾으면서 어렵사리 묻는다.

"저녁? 응, 해서 지금들 먹는 참이구. 그래서 본인두

어서 들어가서 진지를 자셔야지, 생리학적 기본요구가 대단히 절박해!"

"저어, 이거 갖다가…… 웅?"

우물우물하더니 지전 한 장, 오 원짜리 한 장을 꺼내서 슬며시 밀어 놓는다.

"……어머니나 아버지 디려요. 아침 나절에 좀 변통해 볼려구 했지만 늦었습니다구."

계봉이는 승재가 오늘도 아침에 밥을 못 하는 눈치를 알고 가서, 더구나 방세가 밀리기는커녕 이달 오월 치까지 지나간 사월달에 들여왔는데, 또 이렇게 돈을 내놓는 것인 줄 잘 알고 있다.

계봉이는 승재의 그렇듯 근경 있는 마음자리가 고맙고, 고마울 뿐 아니라 이상스럽게 기뻤다. 그러나 그러면서도 한편으로는 얼굴이 꼿꼿하게 들려지지 않을 것같이 무색하기도 했다.

"이게 어인 돈이고?"

계봉이는 돈을 받는 대신 뒷짐을 지고 서서 준절히 묻는다.

"그냥 거저……."

"그냥 거저라니? 방세가 이대지 많을 리는 없을 것이

고……."

"방세구 무엇이구 거저, 옹색하신데 쓰시라구……."

계봉이는 인제 알았다는 듯이 고개를 두어 번 까댁까댁하더니,

"나는 이 돈 받을 수 없소."

하고는 입술을 꽉 다문다. 장난엣말로 듣기에는 음성이 너무 강경했다.

승재는 의아해서 계봉이의 얼굴을 짯짯이 건너다본다. 미상불, 여전한 장난꾸러기 얼굴 그대로는 그대로지만, 그러한 중에도 어디라 없이 기색이 달라진 게, 일종 오만한 빛이 드러났음을 볼 수가 있었다.

승재는 분명히 단정하기는 어려우나, 혹시 나의 뜻을 무슨 불순한 사심인 줄 오해나 받은 것이 아닌가 하는 생각도 들었다. 그렇게 생각하고 보니, 비록 마음이야 담담하지만 일이 좀 창피한 것도 같았다.

"왜애?"

승재는 속은 그쯤 동요가 되었어도, 좋은 낯으로 심상하게 물어 보던 것이다.

"거지의 특권을 약탈하구 싶던 않으니까……."

하는 소리도 소리려니와, 조그마한 계집아이가 뒷짐을

딱 지고 도고하니 고개를 들고 서서 그런 소리를 탕 탕, 남달리 커다란 사내를 다굦는 양이라니, 도무지 깜찍하기란 다시 없다.

그러나 보매 그러한 것 같지, 역시 본심으로다가 기를 쓰고 하는 짓은 아니다. 그는 다만 아까부터 제 무렴에 지쳐서 심술을 좀 부리고 싶은 참인데, 그러자 전에 어떤 잡지에서 본 그 말 한 구절이 마침 생각이 나니까 생각난 대로 그냥 써먹은 것이다.

애꿎이 혼이 나기는 승재다.

승재는 마치 어른한테 꾸지람을 듣고 있는 아이같이 큰 눈을 끄덕끄덕하고 있다가 겨우 발명을 한다는 것이,

"나는 거저 허물없는 것만 여겨서, 그냥……."

말도 똑똑히 못 하고 비실비실한다.

"그렇지만 말이지……."

의젓하게 다시 책을 잡는 계봉이는 아이를 나무라는 어른 같다.

"……자선이나 동정 같은 것은 받는 사람의 프라이드를 뺏는 경우두 있는 법이어든."

"나두 별수없이 다 같은 가난한 사람인걸?"

"하하하하, 아하하하……."

별안간 계봉이는 허리를 잡고 웃어 젖힌다.

"······하하하하, 저 눈 좀 봐요. 얼음판에 미끄러진 황소눈이라니, 글쎄 저 눈 좀 봐요. 하하하하······."

계봉이는 승재가 아까부터 무렴해서 어쩔 줄을 모르고 쩔쩔매는 꼴이 우스워 못 견디겠는 것을 겨우 참고, 그가 하는 양을 좀더 보고 있던 참인데, 인제는 터져 나오는 웃음을 어떻게 걷잡을 수가 없었다.

친하면 친하다고도 할 수 있지만, 그런 만큼 또 체면의 어려움도 없지 않다.

그러한 승재, 즉 남의 집 젊은 총각한테 늘 이렇게 한팔을 꺾이는 듯한 가난, 가난이라고 막연하게보다도 밥을 굶고 늘어지는 창피한 꼬락서니를 들키곤 하는 것이, 마침 열일곱 살배기의 처녀답게 무색했던 것이다. 물론 그것은 제 무렴이다.

아무튼 그래서, 그 복수는 충분히 했다. 거지의 특권을 약탈하고 싶진 않다고, 자선이나 동정 같은 것은 받는 사람의 프라이드를 뺏는 경우가 있다고, 장난은 역시 장난이면서, 그러나 버젓하게 또 꼼짝 못 하게 해주었으니까······.

그러고 나니까, 께름하던 마음이 풀리는데, 일변 승재

의 하는 양이 그러하니 재미가 있어서도 웃고, 그저 우스워서도 웃을밖에 없던 것이다.

계봉이가 그처럼 웃는 것을 보고 승재는 겨우 안심은 했으나 꾀에 넘어가서 사뭇 쩔쩔맨 것이, 이번에는 점직했다.

"원, 사람두…… 나는 정말 노여서 그리는 줄 알구 깜짝 놀랬구면!"

"하하하…… 그렇지만 꼭 장난으루만 그린 건 아니우, 괜히."

"네에, 잘 알었습니다."

"그런데에……."

계봉이는 문제된 오 원짜리 지전을 내려다본다. 아무리 웃고 말았다고는 하지만 그대로 집어 들고 들어가기가 좀 안되었다. 그러나 그렇다고 종시 안 가지고 가기는 더 안되었다. 잠깐 망설이다가 할 수 없이 그는 돈을 집어 든다.

"……그럼 이건 어머니한테 갖다 디리께요?"

고개를 까땍 하면서 돌아서서 가는 계봉이를 승재는 다시 한번 바라다본다.

엄부렁하니 큰 깐으로는 철이 안 나서 늘 까불기나 하

고, 동생들과 다투기나 하고, 할말 못할말 함부로 들이대기나 하고, 이러한 털팽이54)요 심술꾸러기로만 계봉이를 여겨 온 승재는 오늘이야 계봉이가 엉뚱하게 속이 깊고, 깊은 속을 곧잘 표시할 수 있는 지혜와 영리함이 있음을 알았던 것이고, 따라서 탄복스럽던 것이다.

그것은 계봉이도 마찬가지로 승재를 한번 더 다르게 볼 수가 있었다.

그래서 둘이는 마음이 훨씬 더 소통이 되고 친해질 수가 있게 되었다.

한밥이 잡힌 누에들이 통으로 주는 뽕잎을 가로 타고, 기운차게 긁어 먹는 잠박(蠶箔)55)처럼, 안방에서는 다섯 식구가 제각기 한 그릇 밥에 국을 차지하고 앉아 **째금째금** 후루룩후루룩 한참 맛있게 밥을 먹고 있다. 모처럼 얻어걸린 밥이니 그렇지 않을 수도 없는 것이다.

"계봉이는 어디 갔느냐?"

그래도 여럿이 먹다가 한 사람이 죽을 지경은 아니었던지, 정주사가 이편 밥상을 건너다보고 찾는다.

---

54) 실수를 잘하고 물건을 잘 간수하지 못한 사람을 일컫는 말. 행동이 진중하지 못한 사람을 일컬음.
55) 누에 채반(누에를 치는 데 쓰는 채반).

"아랫방 자리끼 숭늉 내다 주러 갔어요."

초봉이가 역시 이 애는 무얼 하느라고 이리 더딘고 궁금해하면서 대답을 한다.

"가서 또 째왈거리구 까부느라구 그러지, 그년이⋯⋯."

유씨는 계봉이 제 말마따나, 어디라 없이 계봉이가 미운 게 사실이어서, 은연중 말이 곱지 않게 나오는 때가 많다.

"거, 너는 왜 밥을 반 그릇만 가지구 그러느냐? 밥이 모자라는 거로구나?"

정주사가 초봉이의 밥그릇을 넘겨다보다가 걱정을 한다.

"⋯⋯그렇거들랑 이 밥 더 갖다 먹어라!"

집어 드는 건 밥상 옆에 옹근56)째 내려놓은 병주의 밥그릇이다.

제 밥은 아껴 두고 부친의 밥을 뺏어 먹고 있던 병주는 밥 먹던 숟갈을 둘러메면서 발버둥을 친다.

"어머니! 어머니!"

거푸 부르면서 그제야 계봉이가 식구들이 밥을 먹고 있는 안방으로 달려든다.

---

56) 조금도 축나지 아니하고 모두 있는 것을 일컫는 북한말.

"⋯⋯저어, 나아, 돈 오십 전만 주믄, 돈 오 원 어머니 디리지?"

식구들은 그게 웬 소린지 몰라 밥을 씹던 채, 숟갈로 밥을 뜨던 채, 혹은 밥숟갈이 입으로 들어가다 말고 모두 뚜렛뚜렛하면서 계봉이를 치어다본다.

이윽고 유씨가 시쁘다고 눈을 흘기면서,

"네년이 돈이 오 원이 있으면, 나는 백 원이 있겠다!"

"정말? 내가 오 원을 내놀 테니깐 어머닌 백 원을 내놔요?"

"저년이 한참 까부는구만? 남서방이 딜여보내는 돈일 테지, 제가 돈이 어디서 생겨!"

"해해해해, 자요, 오 원. 인제는 어머니두 백 원 내노시우?"

기연가미연가하고 있던 식구들은 모두들 놀란다. 초봉이는 비로소 아까 승재가 마당에서 포켓에 손을 넣고, 무슨 말을 할 듯이 우물우물하던 속을 안 것 같았다.

"이년아, 이게 네 돈이더냐? 바루 남의 돈을 가지구 생색을 내려 들어!"

유씨가 돈을 받으면서 핀잔을 주는 것을,

"그래두 내가 퇴짜를 낳어 보우! 괜히⋯⋯."

계봉이는 지지 않고 앙알거리면서 밥상 한 모서리로 앉는다.

"그년이 점점 더 희떠운 소리만 허구 있어! 왜 남이 맘먹구 주는 돈을 마다구 해?"

"아무려나 거 그 사람이 웬 돈을 그렇게…… 거 원!"

정주사가 한마디 걱정을 하는 것을 유씨는 받아서,

"아침에 밥 못 해 먹은 줄을 알았던 게지요, 매양……."

"그러니 말이야. 방세두 이달 치를 지난달에 벌써 내잖 었수?…… 그런걸……."

"허긴 나두 허느니 그 걱정이오!"

"거 원, 그 사람두 넉넉지는 못한 모양인가 부던데 내 가 그렇게 신세를 져서 원……."

정주사는 쓰지도 않은 입맛을 쓰게 다신다.

병주가 돈과 부친의 얼굴을 번갈아 가면서,

"아버지? 아버지……."

불러 놓고는 냅다 속사포 놓듯 주워 꿰는 것이다.

"……내 양복허구, 내 모자허구, 내 구두허구, 내 자전 거허구, 그리구 빠나나랑 미깡이랑 사주어, 잉? 아버지."

"저 애는 밤낮 그런 것만 사달래요……."

저도 한몫 보자고, 형주가 뚜우 해서 나선다.

"⋯⋯남 월사금도 못 타게! 어머니 나 지난달 치허구 이달 치허구 월사금!⋯⋯ 그리구 산술공책허구."

"깍쟁이! 망할 자식!"

밥 먹던 숟갈을 연신 들어 메면서 병주가 도전을 한다.

"왜 날더러 깍쟁이래? 이따가 너 죽어 봐. 수원 깍쟁이 같으니라구."

"저놈!"

정주사가 막내동이의 편역을 들어 형주를 꾸짖는다. 막내동이의 편역이 아니라도, 정주사는 유씨가 계봉이를 괜히 미워하듯이 형주를 미워하던 것이다.

"어머니, 나 월사금 주어야지, 머 나두 몰라! 머."

이번에는 계봉이가 형주를 반박한다.

"이 애야 월사금은 너만 밀렸니? 나두 두 달 치 밀렸다⋯⋯ 어머니, 아따 월사금은 그믐께 주구, 나 위선 오십 전만 주우? 우리 회람문고(回覽文庫) 지난달 회비 주게, 응? 어머니."

"월사금이 제일이지 그까짓 게 제일인가? 머."

"월사금은 이 녀석아, 좀 늦게 줘두 괜찮아. 오십 전만 응? 어머니."

"이잉, 깍쟁이가⋯⋯ 난 월사금, 몰라!"

"아버지 아버지, 내 양복허구, 내 모자허구, 내 구두허구, 빠나나랑 사다 주어 응? 자전거랑."

"오냐 오냐, 허허……."

정주사는 우두커니 보고 있다가 어이가 없다고 한단 소리다.

"……꼬옥 흥부 자식들이다, 흥부 자식들이야!…… 거 장가딜여 달라구 조르는 놈만 없구나!"

"그리구 당신은 꼬옥 흥부 같구요?"

"내가 어쩌서 흥부야? 여편네가 새수빠진57) 소리만 하구 있네!"

"누가 당신 속 모르는 줄 아시우?"

"내가 어쨌길래?"

"어쩌기는 무얼 어째요? 이놈에서 일 원허구 육 전만 발라서 위선 담배 한 곽 사 피구, 일 원은 두었다가 미두장에 갈 밑천을 할려면서……."

"허허허허……."

정주사는 속을 보이고는 할 수 없이 웃음으로 얼버무린다.

---

57) 새수빠지다: (순우리말) 이치에 맞지 않고 소갈머리가 없다.

"……기왕 그런 줄 알았으니, 그럼 일 원허구 육 전만 주구려. 허허……."

4. '……생애는 방안지라!'

조금치라도 관계나 관심을 가진 사람은 시장(市場)이라고 부르고, 속한(俗漢)은 미두장이라고 부르고, 그리고 간판은 '군산미곡취인소(群山米穀取引所)'라고 써붙인 ××도박장(賭博場).

집이야 낡은 목제의 이층으로 협수룩하니 보잘것없어도 이곳이 군산의 심장임에는 갈데없다.

여기는 치외법권이 있는 도박꾼의 공동조계(共同租界)요 인색한 몬테카를로[58]다. 그러나 몬테카를로 같은 곳에서는, 노름을 하다가 돈을 몽땅 잃어버리면 제 대가리에다 대고 한방 탕— 쏘는 육혈포 소리로 저승에의 삼천미터 출발신호를 삼는 사람이 많다는데, 미두장에서는 아무리 약삭빠른 전재산을 톡톡 털어 바쳤어도 누구 목

---

58) Monte Carlo. 모나코 동북부에 있는 휴양 도시로, 국영 카지노와 자동차 경기로 유명하다.

한번 매고 늘어지는 법은 없으니, 그런 것을 조선 사람은 점잖아서 그런다고 자랑한다든지!

군산 미두장에서 피를 구경하기는 꼭 한 번, 그것도 자살은 아니다.

에피소드는 이렇다.

연전에 아랫녁[호南] 어디서라던지, 집을 잡히고 논을 팔고 한 돈을 만 원 가량 뭉뚱그려 전대에 넣어 허리에 차고, 허위단심 군산 미두장을 찾아온 영감님 하나가 있었다.

영감님은 미두란 어떻게 하는 것인지 통히 몰랐고, 그저 미두를 하면 돈을 딴다니까, 그래 미두를 해서 돈을 따려고 그렇게 왔던 것이다.

영감님은 그 돈 만 원을 송두리째 어느 중매점에다 맡겨 놓고, 미두 공부를 기역 니은(미두학 ABC)부터 배워 가면서 일변 미두를 했다.

손바닥이 엎어졌다 젖혀졌다 하고, 방안지의 계선이 올라갔다 내려왔다 하는 동안에 돈 만 원은 어느 귀신이 잡아간 줄도 모르게 다 죽어 버렸다.

영감님은 여관의 밥값은 밀렸고, 고향으로 돌아갈 (면목은 몰라도) 찻삯이 없었다.

중매점에서 보기에 딱했던지, 여비나 하라고 돈 삼십 원을 주었다. 영감님은 그 돈 삼십 원을 받아 쥐었다. 받아 쥐고는 물끄러미 내려다보면서 후유— 한숨을 쉬더니 한숨 끝에 피를 토하고 쓰러졌다. 쓰러지면서 죽었다.

이것이 군산 미두장을 피로써 적신 '귀중한' 재료다.

그랬지, 아무리 돈을 잃어 바가지를 차게 되었어도 겨우 선창께로 어슬렁어슬렁 걸어나가서 강물에다가 눈물이나 몇 방울 떨어뜨리는 게 고작이다. 금강은 백제가 망하는 날부터 숙명적으로 눈물을 받아 먹으란 팔자던 모양이다.

미상불 미두장이가 울기들은 잘한다.

옛날에 축현역(杻峴驛: 시방은 상인천역) 앞에 있던 연못은 미두장이의 눈물로 물이 고였다고 이르는 말이 있었다.

망건 쓰고 귀 안 뺀 촌 샌님들이 도무지 어쩐 영문인 줄 모르게 살림이 요모로 조모로 오그라들라치면 초조한 끝에 허욕이 난다. 허욕 끝에는 요새로 친다면 백백교(白白敎), 들이켜서는 보천교(普天敎) 같은 협잡패에 귀의해서 마지막 남은 전장을 올려 바치든지, 좀 똑똑하다는 축이 일확천금의 큰 뜻을 품고 인천으로 쫓아온다. 와서는 개개 밑천을 홀라당 불어 버리고 맨손으로 돌아선다.

그들이야 항우 같은 장사가 아닌지라, 강동(江東) 아닌 고향으로 돌아갈 면목은 있지만 오강(烏江) 아닌 축현역에 당도하면 그래도 비회가 솟아난다. 그래 찻시간도 기다릴 겸 연못가로 나와 앉아 눈물을 흘린다. 한 사람이 그래, 두 사람이 그래, 열 사람 백 사람 천 사람이 몇 해를 두고 그렇게 눈물을 뿌리니까, 연못의 물은 벙벙하게 찼다는 김삿갓 같은 이야기다.

오늘이 오월로 들어서 둘째 번 월요일이라, 이번 주일의 첫 장이다. 그러므로 웬만하면 입회가 다소간 긴장이 되겠지만 절기가 그럴 절기라 놔서, 볼썽 없이 쓸쓸하다.

그중 큰 매매라는 것이 기지개를 써서 오백 석 아니면 천 석짜리요, 모두가 백 석 이백 석짜리 '마바라(잔챙이 미두꾼)'⁵⁹⁾들만 엉켜붙어서 옴닥옴닥한다.

옛날 말이지, 시방은 쌀값을 최고 최저 가격을 통제해서 꽉 잡아 비끄러매 놓기 때문에 아무리 날고 뛰어도 별반 뾰죽한 수가 없고, 다직해서 여름의 농황(農況)⁶⁰⁾을

---

59) 증권사 객장에 상주하면서 뇌동 매매로 소액 거래를 전문으로 하는 사람을 속되게 이르는 말.

좌우하는 천기시세[天氣相場] 때와 그 밖에 이백십일(二百十日)이나, 특별한 정변(政變)이나, 연전의 동경대진재 같은 천변지이(天變地異)[61]나, 이러한 때라야 그래도 폭넓은 진동(大幅振動)이 있고 해서 매매도 활기가 있지, 여느때는 구멍가게의 반찬거리 흥정을 하는 푼수밖에 안 된다.

그러니까 투기사(投機師)는 ××××가 살인강도나, 옛날 같으면 권총사건 같은 것이 생기기를 바라듯이 김만평야의 익은 볏목에 우박이 쏟아지기를 바라고, ××이나 ××이 지함(地陷)으로 돌아 빠지기를 기다린다.

후장삼절(後場三節)…….

아래층의 '홀'로 된 '바다지석[場立席]'에는 각기 중매점으로부터 온 두 사람씩의 '바다지(場立: 중매점의 시장 대리인)'들과 '죠쓰게(場附)'라고 역시 중매점에서 한 사람씩 온 서두리[62]꾼들까지, 한 사십 명이나 마침 대기하듯 모여 섰다.

같은 아래층을 목책으로 바다지석과 사이를 막은 '갸

---

60) 농형(농사가 잘되고 못된 형편).

61) 하늘과 땅에서 일어나는 자연계의 여러 가지 변동과 이변.

62) (순우리말) 일을 거들어주는 사람.

쿠다마리'에는 손님들이 한 백 명 가량이나 되게 기다리고 있다.

이 사람들이, 그 중에는 구경꾼이나 하바꾼들도 섞이기는 했지만, 거지반 미두 손님들이다.

일부러 골라다 놓은 듯이 형형색색이다. 조선옷, 양복, 콩소매 달린 옷, 늙은이, 젊은이, 큰 키, 작은 키, 수염 난 사람, 이발 안 한 사람, 잘생긴 얼굴, 못생긴 얼굴, 이러하되 그들 한 사람 한 사람이 제가끔 한 사람 몫의 한 사람씩인 '저'들이요, 제가끔 김가, 이가, 나카무라, 최가 등속인 노름꾼들이다.

그러나, 본래 '오오테(大手)'[63]라고, 몇천 석 몇만 석씩 크게 하는 축들은 제 집에다 전화를 매놓고 앉아 시세를 연신 알아보아 가면서 오천 석을 방해라, 만 석을 사라, 이렇게 해먹지 그들 자신이 미두장에 나오는 법이 없다.

해서, 으레 미두장의 갸쿠다마리에 주욱 모여 서는 건 하바꾼과 구경꾼과 백 석 이백 석을 붙여 놓고 일 정(一丁: 일 전) 이 정의 고하를 눈 뒤집어쓰고서 밝히는 '마바라'들이다.

---

63) おおて. 거래소에서 거액 매매을 하는 사람. 큰손.

하지만, 또 이 마바라들이야말로 하바꾼들과 한가지로 미두전장(米豆戰場)의 백전노졸들인 것이다.

그들은 대개가 십 년 이십 년, 시세표(市勢表)의 고하를 그리는 괘선(罫線)을 따라 방안지의 생애를 걸어오는 동안, 수만 금 수십만 금 잡았다가 놓쳤다가 하여서 무수한 번복을 거쳐, 필경은 오늘날의 한심한 마바라나 그보다 더 못한 하바꾼으로 영락한 무리들이다.

그런만큼 그들은 미두장이의 골이 박혀 시세를 보는 눈이 날카롭고 담보는 크건만, 돈 떨어지자 입맛 난다는 푼수로, 부러진 창대를 가지고는 백전노졸도 큰 싸움에는 나서는 재주가 없다.

후장삼절을 알리느라고 '갤러리'로 된 이층의 '다카바(高場: 서기)'에서 따악 따악 따악 딱다기 소리가 나더니 '당한(當限)'이라고 쓴 패가 나와 붙는다.

이것이 소집 나팔이다.

딱딱이 소리에 응하여 바다지들은 반사적으로 일제히 다카바를 올려다보고는 그 길로 장내를 휘휘 돌려다본다. 그들은 직업적으로 약간 긴장하는 둥 마는 둥하다가 도로 타기만만하다.

갸쿠다마리에서는 적이 긴장이 되어 모두들 바다지한

테로 시선을 보내나 바다지들 사이에는 종시 매매가 생기지 않는다. 또 손님들 편에서도 아무 동요가 일어나지 않는다.

바다지석과 갸쿠다마리 사이의 목책 위에 놓인 각 중매점의 전화들만 끊일 새 없이 쟁그럽게 울고 그것을 받아 내느라고 죠쓰게들만 분주하다.

갤러리의 한편 구석으로 자리를 잡고 있는 통신사(通信社) 사람들은 전화통에 목을 매달고 각처에서 들어오는 시세를 받느라고, 또 한편으로 그놈을 흑판에다가 분글씨로 써서 내거느라고 여념이 없다.

다카바에는 딱딱이꾼 외에 두 사람의 다카바가 테이블을 차고 앉아 마침 기록을 하려고 바다지들을 내려다보고 있다.

당한에는 바다지들의 아무런 제스처 즉 매매의 도전(賣買挑戰)이 없어, 소위 '데기모(出來不申)'라고, 매매가 없다고 만다.

다카바에서는 다시 딱딱이가 울고 '중한(中限)'패로 갈려 붙는다.

이에 응하여 선뜻 한 사람의 바다지가 손을 번쩍 쳐들면서,

"셍고쿠64) 야로65) —"

소리를 친다. 대체 이 사람이 쳐든 손은, 언뜻 아무렇게나 쳐든 것 같아도 실상인즉 대단히 기묘복잡함이 있다.

엄지손가락과 식지는 접어 두고 중지와 무명지와 새끼손가락 세 개만 펴서 손바닥은 바깥으로 둘렀다.

하고 보니, 벙어리가 에스페란토66)를 지껄인 것이랄까, 그것을 번역하면 이렇다.

끝엣손가락 세 개를 편 것은 삼(三)이라는 뜻으로 삼전(三錢)이란 말이고, 손바닥을 바깥으로 두른 것은 팔겠다는 말이고, 그리고,

"셍고쿠 야로."

는,

"쌀 천 석 팔겠다."

는 말이다. 그러니까 즉,

"쌀 천 석을 삼 전(三錢: 삼십 원 삼 전)씩에 팔겠다."

이런 뜻이다.

---

64) 전쟁으로 몹시 어지러워진 세상으로 어지러운 세상을 일컬음.

65) (속어) 남에게 드러내지 않고 우물쭈물하는 셈속이나 수작.

66) Esperanto. 폴란드인 자멘호프가 1887년 공표하여 사용하게 된 국제 보조어. 주로 인도·유럽어족에 속한 여러 언어에 기초하고 고안되어 그 언어들이 가진 철자·문법·조어법상의 불규칙성을 배제하고 창안해낸 것으로 28개의 자모가 있다.

이 매매가 성립이 되자면 누구나 사고 싶은 다른 바다지가 웅하고 나서야 한다.

장내는 조금 동요가 되다가 다시 조용하고 갸쿠다마리에서는 담배 연기만 풀씬풀씬 올라온다.

삼십 원 삼 전이라는 시세에 바다지나 손님들이나 다 같이,

"흥! 누가 그걸……."

하는 듯이 맨숭맨숭하다.

그래서 '시테[67]나시(仕手無)'라는 걸로 중한도 매매가 성립되지 못한다.

본시 한산한 시기에는 당한과 중한에는 매매가 별반 없는 법인데, 더구나 시세가 저조(低調)여서 '매방(買方)'이 경계를 하는 판이라 전절(前節: 이절)보다 일 전이 비싼 삼십 원 삼 전에 팔겠다는 걸, 그놈에 응할 사람이 없을 것도 당연한 일이다.

세 번째 딱딱이가 울고 '선한(先限)'패로 갈려 붙는다. 그러자 마침 기다리고 있던 듯이 갸쿠다마리에서 손님 하나가 바다지 한 사람을 끼웃끼웃 찾아 불러내다가는

---

67) して[仕手]. 많은 주를 투기 매매하는 사람. 큰손.

목책 너머로 소곤소곤 귓속말을 한다.

바다지는 연신 고개를 까닥까닥하면서 말을 듣는 한편, 손에 들고 있는 금절표(金切表)를 활활 넘기고 들여다본다.

이윽고 바다지는 돌아서면서, 엄지손가락 식지 중지 세 손가락을 펴서 손바닥을 밖으로 쳐들고,

"고햐쿠68) 야로－"

소리를 친다. 이것은 팔 전(八錢: 이십구 원 구십팔 전)에 오백 석을 팔겠다는 뜻인데, 그 소리가 떨어지자 장내는 더럭 흥분이 된다.

일 초를 지체하지 않고 저편으로부터 다른 바다지가 팔을 쳐들어 안으로 두르고,

"돗다－"

소리를 지른다. 그놈을 사겠다는 말이다.

이어서 여기저기서 '얏다', '돗다' 소리와 동시에 팔이 쑥쑥 올라오고, 소리는 한데 엉켜 왕왕거리는 아우성 소리로 변한다. 치켜 올린 바다지들의 손과 손들은 공중에서 서로 잡혀진다. 커다란 혼잡이다.

---

68) ごうひゃく[合百]. 주가의 등락에 대해 내기를 거는 일종의 도박.

바다지석은 훤화 속에서 뒤끓는다. 다카바들은 눈을 매눈같이 휘두르면서 손을 재게 놀려 기록을 한다.

바다지와 다카바는 매매를 하느라고 흥분이 되고, 이편 갸쿠다마리는 시세 때문에 흥분이다.

그도 그럼직한 일이다.

오늘 아침 '전장요리쓰케(前場寄付)' 삼십 원 십이 전으로 장이 서 가지고는 '전장도메(前場止)' 홑 구 전, '후장요리쓰케(後場寄付)' 홑 칠이 이절에 가서 오 정(五丁: 오 전)이 더 떨어져 홑 이 전으로 되더니, 삼절에는 마침내 그처럼 삼십 원대를 무너뜨리고 팔 전──이십구 원 구십팔 전으로 또다시 사 정이 떨어졌던 것이다.

현물이 품귀(品貴)요, 정미도 값이 생해서 기미(期米)도 일반으로 오르게만 된 형세건만, 도리어 이렇게 떨어지기만 해놔서, '쓰요키(强派)'들한테는 여간 큰 타격이 아니다.

만일 이대로 떨어져 가기로 들면 '후장도메'까지에는 다시 사오 정은 더 떨어지고 말 것이고, 한다면 도통 이십 정이 오늘 하루에 떨어지는 셈이다.

표준미가(標準米價) 이후 하루 동안에 백 정이니 이삼백 정이니 하는 등락은 이미 옛날의 꿈이요, 진폭이 빈약

한 오늘날, 더구나 한산한 이 시기에 하루 이십 정의 변동은 넉넉히 흥분거리가 될 수 없는 게 아니던 것이다.

갸쿠다마리의 얼굴들은 대번 금을 그은 듯이 두 갈래로 갈려 버린다.

판 사람들은 턱을 내밀고서 만족하고 산 사람들은 턱을 오므리고서 시치름하고, 이것은 천하에도 두 가지밖에는 더 없는 노름꾼의 표정이다.

이처럼 시세가 내리쏟기자 태수의 친구요 중매점 마루강(丸江)의 바다지인 곱사 형보는 팽팽한 이맛살을 자주 찌푸리면서 손에 쥔 금절표를 활활 넘겨본다.

사각 안에다가 영서로 K자를 넣은 것이 태수의 마크다.

육십 원 증금(證金)으로 육백 원에 천 석을 산 것인데, 인제 앞으로 십 정만 더 떨어져서 이십구 원 팔십팔 전까지만 가면 증금으로 들여논 육백 원은 수수료까지 쳐서 한 푼 남지 않고 '아시(證金不足)'이다.

형보는 잠깐 망설이다가 곱사등을 내두르고 아기작아기작 전화통 앞으로 가더니 옆엣사람들의 눈치를 슬슬 살펴 가면서 ××은행 군산지점의 전화를 부른다. 태수한테 기별을 해주려는 것이다.

그러나 만일 한낱 행원으로 미두를 한다는 소문이 퍼

지게 되고 보면, 더구나 모범행원이라는 고태수로, 그런 눈치를 은행에서 알게 되는 날이면 일이 재미가 적고 한 터라, 이러한 전화는 걸고 받고 하기에 서로 조심을 한다.

××은행 군산지점 당좌계의 창구멍[窓口]안에 앉은 고태수, 그는 어젯밤을 새워 먹은 작취로 골머리가 띵하니 아프고, 속이 메스꺼운 것을 겨우 참고 시간 되기만 기다린다.

세시 전이니 아직도 한 시간이 더 남았다.

그래, 팔걸이 시계를 연신 들여다보고는 하품을 씹어 삼키고 하는 참인데 마침 급사아이가 와서 전화가 왔다고 알려 준다.

태수가 전화통 옆으로 가서,

"하이(네에)."

나른하게 대답을 하는데,

"낼세, 내야."

하는 게 묻지 않아도 형보다. 태수는 혹시 시세가 올랐다는 기별이었으면 하고 은근히 가슴이 두근거린다.

"왜 그래?"

"뼈게졌네, 뼈게졌어!"

삼십 원대가 무너졌다는 말이다.

태수는 맥이 탁 풀려 그대로 주저앉을 것 같았다.

"음─"

태수는 분명치 않은 소리만 낼 뿐, 무어라고 형편을 물어 보고 싶어도 옆에서 상관이며 동료들이 듣는 데라, 그야말로 벙어리 냉가슴 앓는 조다.

"팔 전인데, 여보게?"

형보는 딱바라진 음성으로 이기죽이기죽 이야기를 씹는다.

"……팔 전인데, 끊어 버리세?"

"글쎄……."

"글쎄구 개×이구 이대루 십 정만 더 떨어지면 아시야 아시! 알어 들어?…… 왜 정신을 못 채리구 이래?"

"그렇지만 인제 와서야 머……."

태수는 지금 그것을 끊는데도 돈이라야 오십 원밖에 남지 않는 것을, 그러구저러구 하기가 도무지 마음에 내키지를 않던 것이다.

애초에 돈 천 원이나 먹을까 하고, 그래서 발등에 당장 내리는 불이나 끌까 하고, 시세가 마침 좋은 것 같아서 쌀을 붙였던 것인데 천 원을 먹기는 고사하고 본전 육백 원이 다 달아난 판이니 깨끗이 밑창을 보게 두어 둘 것이지, 그까짓 것 꼬랑지로 처진 오십 원쯤 시방 이 살판에 대수가 아니다.

"그리지 말게!…… 소바(投機: 미두)란 그렇게 하는 법이 아니란 말야…… 그러니 내가 시키는 대루……."

형보가 이렇게 타이르는 말을 태수는 성가신 듯, 버력 것질러,

"긴 소리 듣기 싫여!…… 그만 해두구, 내가 어제 맡긴 것 있지?"

"있지."

형보는 어제 저녁때 태수한테서 액면 이백 원짜리 소절수 한 장을 맡았었다. 진출인은 백석(白石)이라고 하는 고리대금업자요, 은행은 태수가 있는 ××은행 군산지점이다. 형보는 가끔 태수한테서 이러한 부탁을 받는다.

"그걸 오늘 지금 좀, 그렇게 해주게."

"내일 해달라더니?"

"아냐, 오늘루."

태수는 전화를 끊고 도로 제 자리로 돌아와서 털씬 걸터앉는다. 인제는 마지막 여망이 그쳐 버리고 어찌할 도리가 없이 되었다.

바로 십여 일 전 일이었었다.

그날 태수는 형보가 있는 중매점 마루강에다가 육십 원 증금으로 육백 원을 내고 쌀 천 석을 '나리유키(成行)'로 붙였다.

그날이 마침 토요일인데 전장요리쓰케 삼십 원 십칠 전으로 장이 서 가지고는 이절에 이십구 전, 삼절에 삼십육 전, 사절에 사십 전 이렇게 폭폭 솟아 올라갔다.

이 기별을 받은 태수는 마침 기회가 좋은 듯싶어 다음 오절에 사달라고 일렀다. 전화를 걸어 주던 형보는 위태하다고 말렸으나, 태수의 생각에는 그놈이 그대로 일 원대를 무찌르고도 앞으로 백 정은 무난하리라는 자신이 들었었다. 그때에 날이 마침 가물었기 때문에 모낼 시기를 앞두고 그것이 다소 강재(强材)가 아닌 것은 아니었으나, 매우 속된 관찰이요, 더욱이 백 정이 오를 것을 예상한 것은 터무니없는 제 욕심이었었다.

태수는 그날도 은행 전화라 자세하게 이야긴 할 수도 없거니와 또 그럴 필요도 없어, 그냥 시키는 대로나 해달라고 형보를 지천을 했었다.

한 삼십 분 지나서 형보가 다시 전화를 걸었다.

"오절에 사십오 전에 샀더니 육절에 또 사 정이 올라

사십구 전일세…… 그렇지만 나는 모르니 알아채려서 하게!"

형보는 여전히 뒤를 내던 것이다.

그날 한시까지 은행일을 마치고 나와서 알아보니까, 그놈 육절에 사십구 전을 절정으로 시세는 도로 떨어져 전장도메 사십육 전이었었다. 그래도 태수는 약간의 반동이거니 하고 안심을 했었다.

그러나 그 뒤로 시세는 태수를 조롱하듯이 조촘조촘 떨어지다가, 오늘 와서는 마침내 삼십 원대를 무너뜨리고 아시란 말까지 나오게 되었던 것이다.

은행 시간이 거진 촉하게 되어서, 웬 낯모를 사람이 아까 형보와 이야기하던 소절수를 가지고 돈을 찾으러 왔다. 형보는 태수의 이 심부름을 가끔 해주기는 해도 제 몸을 사리느라고 언제든지 한 다리를 더 놓지, 제가 직접 오는 법이 없다.

태수는 들이미는 대로 소절수를 받아 장부에 기입을 하고 현금계로 넘긴다. 필적이며 그 밖에 조사 대조해 볼 것을 조사 대조해 볼 것도 없이, 그것은 태수 제 손으로 만들어 낸 백석이의 소절수인 것이다.

이어 시간이 다 되자, 태수는 사무상 앞을 걷어치우고

은행을 나섰다. 그는 걱정에 애를 못 삭여 짜증이 났다. 누가 보면 어디 몸이 아프냐고 놀랄 만큼 이맛살을 잔뜩 찌푸리고 몸에 풀기가 없다.

그러나 그것도 잠깐이요 기색은 도로 평탄해진다. 그는 무엇이고 오래 두고는 생각하거나 걱정을 하질 않는다. 또 그랬자 별수가 없는 것을 그는 잘 알고 있다.

"걱정하면 소용 있나? 약차하거던 죽어 버리면 고만이지!"

그는 혼자말로 씹어 뱉는 것이다.

그는 일을 저지른 후로 요즈음 와서는 늘 이런 막가는 마음을 먹는다. 그러고 나면 걱정이 되고 속 답답하던 것이 후련해지곤 하던 것이다.

일을 저질렀다는 것은 다름이 아니라, 항용 있는 재정의 파탈로, 남의 돈에 손을 댄 것이다.

그는 작년 봄 경성에 있는 본점으로부터 이곳 군산지점으로 전근해 오면서부터 주색에 침혹하기를 시작했다.

그는 얼굴 생긴 것도 우선 매초롬한 게 그렇거니와, 은연중에 그가 서울서 전문학교를 졸업했고, 집안은 천여 석 하는 과부의 외아들이고, 놀기 심심하니까 은행에를 들어갔던 것이 이곳 지점에까지 전근이 되어 내려온 것이라고, 이러한 소문이 떠돌았었고, 그런데 미상불 그러한 집 자제로 그러한 사람임직하게 그의 노는 본새도 흐벅지고, 돈 아까운 줄은 모르는 것 같았다.

그러던 결과, 반년 남짓해서 육십 원의 월급으로는 엄두도 나지 않게 빚이 모가지까지 찼다.

이러한 억색한 경우를 임시로 메꾸기에, 태수의 컨디션은 안팎으로 좋았다. 지점장의 신임은 두텁고, 은행 내정에는 통달했는데 앉은 자리가 당좌계다.

그래서 작년 겨울 백석이라는 대금업자의 소절수를 만들어 쓰는 것으로부터 그는 '사기'와 '횡령'이라는 것의 첫출발을 삼았다.

큰 대금업자랄지, 그 밖에 예금한 금액이 많고 은행으로 들이고 내고 하기를 자주 하는 예금주들은, 그러하기 때문에 액면이 많지 않은 위조 소절수가 자기네 모르게 몇 장 은행으로 들어가서 '조지리(帳尻: 총계 대조)'[69] 가 맞지 않더라도 좀처럼 눈에 띄지를 않는다. 그러므로 그러한 위조 소절수가 은행에 들어오더라도 그게 위조인지 아닌지를 밝혀야 할 당좌계에서 그냥 씻어서 넘기

---

69) ちょうじり. 장부끝; 기재된 장부의 끝; 결산의 결과.

기만 하면 일은 우선 무사하다. 태수는 그 묘리를 알았던 것이다.

그는 은행에서 소절수첩을 빼내 오고, 백석이의 도장을 그대로 새기고 글씨를 본받아 백석이 자신이 발행한 소절수와 언뜻 달라 보이지 않는 것을 만들기에 그리 힘들지 않았다.

그놈을, 믿는 친구라는 형보더러 찾아 달라고 맡기고, 그럴라치면 형보는 다시 다른 사람을 시켜 은행으로 찾으러 보낸다. 은행에서는 태수가 그것을 어엿이 받아 장부에 기입을 해서 현금계로 넘기고, 현금계에서는 아무 의심도 없이 돈을 내주고, 그 돈이 조금 후에는 형보의 손을 거쳐 태수에게로 돌아 들어오고, 이것이다.

그가 처음 그렇게 소절수 위조를 해서 쓸 때에는, 손이 떨리고 며칠 동안은 가슴이 두근거리고 했으나, 차차 맛을 들이고 단련이 되면서부터는 돈이 아쉴 때면 제법 제 소절수를 발행하듯이 척척 써먹었다.

또 범위도 넓혀, 역시 예금이 많고 거래가 잦은 '농산흥업회사'와 '마루나'라고 하는 큰 중매점까지 세 군데 치를 두고 그 짓을 계속했다. 한 것이, 작년 세안부터 지금까지 반년 동안 백석이 것이 일천팔백 원, 농산흥업회사

치가 칠백 원, 마루나 중매점 치가 이번 것까지 팔백 원, 도합하면 삼천삼백 원이다.

이 삼천삼백 원은 형보가 심부름을 해줄 때마다 얼마씩 떼어 쓴 사오백 원과, 요릿집과 기생한테 준 행화와 미두 밑천으로 다 먹혀 버린 것이다.

이 짓을 해놓았으니, 늘 살얼음을 밟는 것같이 마음이 위태위태한 판인데, 지나간 사월 초생부터 그 백석이와 은행 사이에 사소한 일로 등갈이 나가지고, 백석이가 다른 은행으로 거래를 옮기리 어쩌리 하는 소문이 들렸다. 만약 그러는 날이면 예금한 것을 한꺼번에 모조리 찾아갈 것이요, 따라서 태수가 손댄 일천팔백 원이 비는 게 드러날 것이다. 동시에 그날이 태수는 끝장을 보는 날이다.

태수는 어디로 도망을 가거나, 또 늘 입버릇같이 되던 자살을 하거나, 두 가지 외에는 별수가 없다.

소문대로 그가 천여 석 추수를 하는 과부의 외아들이기만 하다면야 모면할 도리가 없지도 않다. 그러나 그것은 백줴 낭설이다.

그의 편모(偏母)는 지금 서울 아현(阿峴) 구석의 남의 집 단칸 셋방에서 아들 태수가 십오 원씩 보내 주는 것으로 연명을 해가고 있다.

태수의 모친은 중년 과부로 남의 집 안잠을 살고 바느질품 빨래품을 팔아 가면서 소중한 외아들 태수를 근근이 보통학교까지만은 졸업을 시켰었다.

샘 같아서는 그 이상 더 높은 학교라도 들여보냈겠지만 늙어 가는 과부의 맨손으로는 힘이 자랄 수가 없고, 그래 태수는 보통학교를 마치던 길로 ××은행의 급사로 뽑혀 들어갔다.

그는 낮으로는 은행에서 심부름을 하고, 밤으로는 다른 부지런한 동무들이 하듯이 야학을 다녀, 을종 상업학교 하나를 졸업했다.

아이가 우선 외모가 똑똑하고, 하는 짓이 영리하고, 그런데다가 을종이나마 학교의 이력과 여러 해 은행에서 치어난 경력과, 또 소속한 과장의 눈에 고인 덕으로, 스물한 살 되던 해엔 승차해서 행원이 되었다.

본점에서 꼬박 이 년 동안 지냈다. 그 동안 태수를 총애하던 과장(그는 男×家이었었다)은 태수가 소위 '급사아가리(使童70)出身)'라서 아무래도 다른 동무들한테 한풀 꺾이는 것을 액색히 생각해서 기회를 보다가 계제를 만

---

70) 일정(一定)한 사무실(事務室)에서 잔심부름을 하는 소년(少年).

나, 작년 봄에 이 군산지점으로 전근을 시켜 주었다.

태수도 서울 본점에 있을 동안은 탈잡을 데 없는 모범 행원이었었다. 사무에는 능숙하고, 사람됨이 영리하고, 젊은 사람답지 않게 주색을 삼가고.

그러나 주색을 삼가한 것은 그가 급사로 지내던 타성으로 조심이 되어 그런 것이지, 삼가고 싶어 그런 것은 아니다.

그랬길래 그가 이 군산지점으로 내려와서 기를 탁 펴고 지내게 되자, 지금까지는 금해졌던 흥미의 대상인 유흥과 계집이 상해(上海)와 같이 개방되어 있는 그 속으로 맨먼저 끌려 들어간 것이다. 그는 마치 아이들이 못 보던 사탕을 손에 닿는 대로 쥐어 먹듯이 방탕의 행락을 거듭거듭 집어먹었다.

믿는 외아들 태수가 이 지경이 된 줄 모르고, 그의 모친은 그가 인제는 어서 바삐 장가나 들어 살림이나 시작하면 그를 따라와서 얼마 남지 않은 여생을 편안히 보내려니, 지금도 매일같이 그것만 기다리고 있지, 천석거리 과부란 당치도 않은 소리다.

태수는 지난 사월에 그처럼 사세가 절박해 오자 두루 생각한 끝에 마루나의 육백 원 소절수를 또 만들어 그

돈으로 미두를 해본 것이다.

전에도 가끔 오백 석이고 삼백 석이고 미두를 했고, 그래서 번번이 손을 보았지만, 천 석은 처음이다.

그는 그놈에게 돈 천 원이나 먹으면 어떻게 백석이 것 일천팔백 원을 채워 가지고 백석이한텔 가서 무릎을 꿇고 사정을 하든지, 본점에 있는 그 과장이라도 청해다가 백석이를 위무해서 일을 모면하려던 그런 계획이었다.

그러나 그 돈 천 원이 생기기는 고사하고 밑천 육백 원까지 물고 달아났으니 게도 잡지 못하고 구럭까지 놓친 셈이다.

오직 그 동안, 백석이가 말썽부리던 것이 너끔하고, 그래 다른 은행으로 거래를 옮기는 눈치가 보이지 않는 것이 천만다행이다. 그러나 그것도 우선 위급을 면한 것이지, 아무래도 받아 논 밥상인 것을 언제 어느 구석에서 일이 뒤집혀 날지 하루 한시인들 앞일을 안심할 수가 없다. 그래서 그는 육장 입버릇같이,

"죽어 버리면 고만이지."

이 소리를 하고, 할라치면 순간순간은 아무것이고 무섭지도 않고 근심도 놓이고 하던 것이다.

태수는 거리로 나와서, 어디로 갈까 하고 잠깐 망설인다.

이런 때는 어떤 조용한 데, 가령 서울 같으면 찻집 같은 데로 가서, 혼자 우두커니 시간 가는 줄 모르게 앉아 있었으면 좋을 것 같았다. 그렇게 생각하니 서울서는 별반 다녀 보지도 못한 찻집이 불현듯이 그리웠다.

그러나 이곳에는 그런 기분이 가라앉는 순수한 찻집이 없으니 소용없는 말이고, 그냥 선창이나 공원으로 거닐까 생각해 보았으나 그것은 어제 밤을 새워 술을 먹은 몸이 고단해서 내키지를 않는다. 그러다가 문득, 제중당으로 초봉이나 만나 보러 갈까 해본다. 어제 낮에 들렀더니 요전번 전화할 때의 말대로 알기는 알겠는지, 얼굴이 발개가지고 대응하는 게 달랐고, 그것이 태수한테는 퍽 유쾌했다.

태수는 초봉이를 두고 생각하면 할수록 절로 입이 벙싯벙싯 벌어진다. 그는 초봉이가 이 세상에 있다는 것 그것 하나만도 견딜 수 없이 기쁘다.

그는 어떻게 해서든지 초봉이와 결혼이나 해서 단 하루나 이틀이라도 좋으니 재미를 보기가 마지막 소원이요, 그런 다음에는 세상 아무것에 대해서도 미련이 없을 것 같았던 것이다.

태수는 발길이 절로 정거장 쪽으로 떼어 놓여진다.

그러나 바로 어제 들러서 인단이야 포마드야를 더금더금 사왔는데, 오늘 또 채신머리없이 가고 보면 초봉이라도 속을 들여다보고 추근추근하다고 불쾌하게 여길 듯싶어 재미가 덜할 것 같았다.

태수는 섭섭하나마 가던 발길을 돌려 개복동으로 들어선다.

개복동 초입에 있는 행화의 집은 아무라도 오라는 듯이 대문이 활짝 열려 있다. 태수는 대문간으로 들어서면서, 지금 초봉이한테를 이렇게 임의롭게 다닌다면 작히나 좋으려니 싶었다.

안방에서는 행화가 흥얼거리는 목소리로 부르던 육자배기를,

"해느은 지이이이고오……."

하면서 귀곡성을 질러 올렸다가,

"……저문 날인데, 편지 일장이 도온절이로구나아 헤."

없는 시름이라도 절로 솟아나게 끝을 다뿍 하염없이 흐린다.

"좋다."

형보의 소리다. 먼저 와서 기다리고 있던 것이다. 두

사람은 별로 장소를 달리 정하지 않았으면 요새는 여기서 만날 줄 알고 있다.

신발 소리에 행화가 까웃하고 내다보다가 웃으면서, 흐르는 옷허리를 걷어잡고 마루로 나선다.

태수가 방으로 들어서니까, 형보는 아랫목 보료 위에 사방침을 얕게 베고 누운 채 고개만 드는 시늉 하면서,

"인제 오나?"

"날이 좋은데!…… 은적사(恩積寺)나 나갈까 부다."

태수는 모자를 쓴 채로 방 가운데 털씬 주저앉으면서 혼자말같이 두런거린다. 그는 조금 아까부터 그 생각이다. 우선 날이 좋으니 절에라도 나가서 펑청거려 가면서 놀직도 하고, 또 그 밖에는 이 쭈루투룸한 심사를 어찌할 수 없을 것 같았다.

"거 조오치!"

형보가 맞장구를 친다. 태수는 그러나, 이어 딴생각을 하느라고 그냥 우두커니 앉았다가 '몇 전 도메'냐고 묻는다. 단념은 했어도, 그래도 조금 남은 미련이 있어, 그놈이 잊자고 해도 강박관념같이 주의를 끌던 것이다.

"구 전…… 육 전까지 갔다가 구 전 도메."

태수는 다시 말이 없다. 형보는 귀밑까지 째진 입에

담배 꽂은 상아 빨쭈리[71]를 옆으로 물고 누워 태수의 숙인 이마를 곰곰이 올려다본다. 그의 퀭하니 광채 있는 눈은 크기도 간장 종지 한 개만큼씩은 하다.

이 사람을 목간통에서 보면 더욱 기괴하다.

고릴라의 뒷다린 듯싶게 오금이 굽고 발끝이 밖으로 벌어진 두 다리 위에, 그놈 등뒤로 혹이 달린 짧은 동체(胴體)[72]가 붙어 있고, 다시 그 위로 모가지는 있는 둥 마는 둥, 중대가리로 박박 깎은 박통만한 큰 머리가 괴상한 얼굴을 해가지고는 척 올라앉은 양은, 하릴없이 세계풍속사진 같은 데 있는 아메리카 인디언의 '토템'이다.

그는 체격과 얼굴이 그렇기 때문에 나이는 지금 삼십이로되 사십도 더 넘어 보인다. 부모 처자도 없고 인천이며, 서울이며, 안동현이며, 이런 투기시장으로 굴러다니다가 태수보다 조금 앞서 군산으로 왔었다. 두 사람이 알기는 서울서부터지만 이렇게 단짝이 되기는 태수가 군산으로 내려와서 외입판에 첫발을 들여놓을 때에 병정을 서주면서부터다.

그러나 태수는 형보를 미덥고 절친한 친구로 여기지,

---

71) '물부리(담배를 끼워서 빠는 물건)'의 충남, 평남, 황해도 방언.
72) 물체의 중심을 이루는 부분.

결코 병정으로 알지는 않는다. 그래서 그는 의리를 지킬 각오까지도 있다. 형보도 표면으로만은 그러하다. 그래서 노상 태수의 일을 걱정하고 충고를 하는 체한다.

남녀 세 사람은 형보와 행화까지 태수의 침울해지려는 기분에 섭쓸려[73] 한동안 말이 없다가, 형보가 이윽고 긴하게,

"그런데 여보게 태수?"

하더니 발딱 일어나서 도사리고 앉는다.

"……좋은 수가 있기는 하나 있는데, 자네 내가 시키는 대루 할려나?"

"수?…… 글쎄……."

은행의 돈 점포낸 그 일에 대한 것인 줄 태수는 알아듣고도, 뭐 그저 수라께 강낭[74]옥수수겠지 하는 생각에 그다지 내켜하지도 않는다.

"자네, 대체 어쩔 셈으루 이리나?"

형보는 태수가 당겨하지를 않으니까, 이번에는 짐짓 걱정조로 캐자고 나선다.

"아무 도리두 없지 머……."

---

73) 섭슬리다(함께 섞여 휩쓸리다)의 북한어.
74) '옥수수'를 뜻하는 경상도 사투리.

태수는 두 팔을 뒤로 짚고 퍼근히 다리를 뻗고 앉아서 담배만 풀씬풀씬 피운다.

"그러면 잔말 말구, 어쨌든지 나 하라는 대루 하게, 응?"

"어떻게?"

"지금 백석이까지……."

말을 꺼내는데 태수가 눈을 끔적끔적한다. 형보는 알아차리고서 행화를 돌려다본다.

"행화, 미안하지만 건넌방으루 잠깐만 가서 있게그려나, 응?"

경대 앞에서 심심파적으로 눈썹을 다스리고 있던 행화가 세수 수건을 집어 들고 일어선다.

"난두 세수하러 나갈라던 참이요…… 와? 무슨 수가 생기오?"

"응, 단단히 수가 생기네."

"하아, 오래간만에 장주사 덕분에 술 한잔 얻어묵나부다…… 인제 수 생기거던 아예 내 모가치 잊지 마소, 예?"

"아무렴!…… 또 내가 잊어버리더래두 다아 이 고주사가 있잖나!"

"아무레나 나는 모르겠다. 수나 드북하니 잡소, 들……."

행화는 웃음 섞어 이런 소리를 하면서 마루로 나간다.

"그래, 세 군데니 말이야……."

형보는 행화가 다 나가기를 기다려 소곤소곤 이야기를 다시 내놓는다.

"……세 군데서 삼천 환씩 한 만 환 가량만 뽑아 내면 일은 되는데……?"

태수는 벌써 고개를 흔들고 시원찮아하다가,

"만 원을 가지구 어떡허게?"

"웅, 그놈 만 원을 가지구서 나하구 둘이서 서울루 가거던…… 자네 혼자 가기가 적적하거들랑 저 애 행화나 데리구."

"흥!"

"하아따! 지레 그리지 말구 끝까지 들어 봐요…… 그렇게 서울루 가서, 자넬라컨 문 밖에 아무 데나 깊숙이 들어앉어 있으란 말야, 삼 년 아니면 다직해야 사 년……."

"공금 횡령해 가지구 도망갔다가 잽히잖는 놈 못 봤네…… 제기, 상해나 북경 같은 데루 뛰었다두 잽혀와서 콩밥을 먹는데, 황차 서울!"

"그야 저 하기 나름이지. 조심을 안 하니깐 붙잽히지, 죽은 드끼 들어앉어만 있으면 십 년 가두 일 없어요."

태수는 말이 없이 혼자서 고개만 가로 흔든다. 그는 잡히고 안 잡히고 간에, 하루 이틀도 아니요 삼사 년을 그처럼 답답하게 처박혀서 숨어 지낸다는 것은 생각만 해도 진저리가 날 일이다.

돈을 마음대로 쓰고, 돌아다니면서 즐겁게 노는 그런 움직이는 생활이 아니고는 차라리 죽음만도 못한 것이다. 그러니까 그는 일이 탄로나는 마당에 이르러서도, 자살로써 감옥 가기를 피하려는 각오를 하고 있는 것이다.

이러한 속도 모르고 형보는 연신 제 계획 설명이다.

"그러니깐 아무 염려 말구, 한 삼 년 그렇게 참구 있으면, 그 동안 나는 그놈 만 환을 가지구 앉어서 쓱 돈장사를 한단 말야! 응? 돈장사."

"돈장사라니?"

"응, 돈장사!······ 수형75) 할인 띠어먹는 것 말인데, 자세한 것은 종차 이야기하겠지만, 그렇게 만 환을 가지구 종로바닥에 앉어서 재빠르게만 납디면 삼사 년 안에 한

---

75) 手形(어음).

사오만 환찜은 넉넉 잡네!"

"허황한 소리!"

"이건 속두 모르구 이래! 해만 보아요…… 아, 그래서 한 사오만 환 잽히거들랑 그때는 자네가 자포낸 본전 일만삼천 환을 가지구 도루 와서, 자아 돈을 가져왔으니 용서해 주시오, 한단 말야. 비는 장수 목 벨 수 없다구, 그렇게 돈을 물어내 놓구 빌면 징역은 면할 테니깐…… 그리구 나서는 그 돈 나머질 가지구 자네허구 나허구 다시 장사를 하면 버엿하잖어? 어때?"

"글쎄…… 그것두 자네가 친구를 생각하는 맘으루 그러는 것이니 고맙기는 고마워이. 그러니 종차 생각해 보세마는……."

"자네가 그렇게 내 속을 알어주니 말이지, 그게 내한테두 여간만 위태한 일이 아닐세! 잘못하다가는 나두 콩밥이 아닌가?…… 그렇지만 하두 자네가 사정이 딱하니깐 친구루 앉어서 그냥 보구 있을 수가 없구 해서 그리는 것이지. 그러니깐 자네두 생각하려니와 내 일을 내가 생각해서라두 여간한 조심할 배가 아니어든……."

그러나 형보는 태수를 위해서 그런다는 것은 생판 입에 발린 소리요, 또 그렇게 만 원을 빼준대도 지금 이야기한 대로 행할 배짱은 아니다.

형보는 늘 두 가지의 엉뚱한 계획을 품고 지낸다.

첫째, 그는 제가 제 손수 무슨 농간을 부리든지, 혹은 누구를 등골을 쳐서든지, 좌우간 군산을 떠나 북쪽으로 국경을 벗어날 그 시간 동안만 무사할 돈이면, 돈 만 원이고 이삼만 원이고 상말로 왕후가 망건 사러 가는 돈이라도 덮어놓고 들고 뛸 작정이다.

뛰어서는, 북경으로 가서 당대 세월 좋은 금제품 밀수(禁制品密輸)를 해먹든지, 훨씬 더 내려앉아 상해로 가서 계집장사나, 술장사나, 또 두 가지를 겸쳐 해먹든지 하자는 것이다.

그는 재작년 겨울, 이 군산으로 옮기기 전에 한 반년 동안이나 상해로 북경으로 돌아다닌 일이 있었고, 이 '영업목록'은 그때에 얻은 '현지지식(現地知識)'이다.

그래서 그는 어떻게 하면 돈 만 원이나 올가미를 씌울까, 육장 궁리가 그 궁리인 것이다.

또 한 가지는 그처럼 형무소가 덜미를 쫓아다니는 위태한 것이 아니라 썩 합법적인 수단인데, 눈치를 보아 어수룩한 미두 손님 하나를 친하든지, 엎어 삶든지 해서 계제를 보아 쌀을 한 오백 석이고 천 석이고 붙여 달라고 한다. 아직도 미두장 인심이란 어수룩한 데가 있어서 그게 노상 그럴 수 없으란 법은 없다.

그렇게 쌀을 붙여 주면 그놈을 시세를 보아 가면서 눈치 빠르게 요리조리 되작거린다.

만일 운이 트이기만 하려 들면 한 일이 년 그렇게 주무르는 동안에 돈이나 한 오륙천 원 만들기는 그다지 어려운 노릇이 아니다.

그놈이 그처럼 여의해서 이삼 년 내에 오륙천 원이 되거들랑 그때는 미두장에서 손을 싹싹 씻고 서울로 올라간다. 올라가서 그놈을 밑천삼아 일이백 원, 이삼백 원, 기껏 커야 사오백 원짜리로, 이렇게 잔머리만 골라 '수형할인'[76]을 떼어먹는다. 이것도 착실히만 하면, 한 십 년 후에 가서 몇만 원 잡을 수가 있다. 몇만 원 가졌으면 족히 평생이다.

그래야지, 만일 미두장에서만 어물어물하고 있다가는 피천 한푼 못 잡고, 근처의 수두룩한 하바꾼 신세가 되기 마침이다--는 것이다.

이렇게 그는 투기사답지 않게 염량을 차리고, 그러한

---

76) 어음 할인.

두 가지 계획을 품고서 늘 기회를 엿보던 차에, 언덕이야 시피 다들린 게 태수의 일이다.

그는 태수가 만일 말을 들어, 돈을 만 원이고 둘러 **빼만** 주면, 태수야 어떻게 되거나 말거나, 저 혼자서 그 돈을 쥐고 간다 보아라, 북경 상해 등지로 내**뺄** 뱃심이다.

그래, 사뭇 침이 넘어가게 구미가 당기는 판이라, 벼르고 있다가 실끔 말을 내던진 것인데, 의외로 이건 도무지 맹숭맹숭, 좋은 말로 어물쩍하려고 하니 시방 속으로는 태수가 까죽이고 싶게 미워서 견딜 수가 없다.

'요놈의 새끼, 네가 영영 내 말을 안 들어만 보아라. 아무 때고 한번 골탕을 먹여 줄 테니.'

형보는 마침내 이런 앙심을 먹고 말았다.

이야기가 흐지부지해서 둘이는 시무룩하고 앉았는데, 행화가,

"천냥 만냥 다아 했소?"

하고 얼굴을 씻으면서 방으로 들어온다.

형보는 속이 좋잖은 끝이라,

"다아 했다네."

"어찌 미잉밍한 게 술 얻어묵을 것 같잖다!"

행화는 경대 앞으로 앉아 단장을 시작한다.

"어디 지휘 받았나?"

"아ㅡ니."

"그런데 웬 세수를 벌써?"

"나두 영업인데…… 이렇게 마침 채리고 있다가 인력 거가 오거든 힝하니 쫓아가야지!…… 그래야 한푼이라 두 더 벌지 않능기요!"

"치를 떠는구나."

하다가 형보가 그 말끝에 생각이 나서 태수게로 대고,

"그런데 여보게 이 사람! 저것은 어떡헐려나?"

쌀 붙인 것 말이다.

"내버려두지, 머!"

태수는 담배만 피우고 앉았다가 겨우, 봉했던 입같이 떨어진다.

"내버려두다니? 오륙십 원은 돈 아닌가?…… 그러느 니 차라리 날 주게?…… 잘 되작거려서 담뱃값이나 뜯어 쓰게시니."

"쯧! 제발 그러게그려!"

태수는 성가신 듯이 얼핏 승낙을 한다. 그는 꺼림칙하 게 꼬리를 물려 놓고서, 아주 끊어 버리기도 싫고 그런 것을 형보가 이렇다거니 저렇다거니 조르는 게, 그만 머릿살이 아프게 귀찮았던 것이다.

그러나 태수나 형보나 다 같이 그 끄트머리가 그 이튿날부터 크게 조화를 부릴 줄은 꿈에도 생각을 못 한 것은 물론이다.

"고마워이!"

형보는 태수의 승낙을 받고 싱글벙글 좋아한다. 어쩌면 내일로 닥쳐오는 그 쌀 천 석의 운명을 미리 짐작하고서 좋아하는 것같이도 되었다.

아닌게아니라, 그러니까 노름이란 도깨비살림[77]이라지만, 그놈이 바로 그 다음날 가서 형보가 미처 끊을 겨를도 없이 한목 이십 정이 푹 올라간 것이며, 그것을 계제 좋다고 잡아 끊었다가, 그놈으로 들거리를 삼아, 다시 쌀을 몇백 석 붙여 놓고 요리조리 되작거려서 반년 후에는 돈 천 원이나 잡은 것이며, 다시 일년 남짓해서는 형보의 곡진한 포부대로 오륙천의 밑천을 장만한 것이며, 이러한 것은 태수는 물론 형보도 그 당장에야 상상도 못 했던 일이다.

형보는 그 이튿날 당장 시세가 그처럼 이십 정이나 올

---

77) 있다가도 별안간 사라지는 불안정한 살림살이.

라서 우선 이백 원 가까운 이익을 보았다는 것이며, 그 뒤로도 부엉이살림[78]같이 차차로 늘어 간다는 것을 꽉 숨겨 버렸었다.

그러나 아무튼 그것은 그날이 밝는 그 다음날부터의 일이지, 이 당장에서 형보가 그것을 미리 짐작하고 그래 좋아하는 것은 아니다. 혹시 귀신이 씌어 대었다는 말이나 거기에 맞을는지, 그래서 형보는 저도 모르고 좋아한 것인지는 몰라도,

"제엔장…… 세사는 여반장이요, 생애는 방안지[79]라 (世事如反掌, 生涯方眼紙)!"

형보는 끙! 하고 일어나 쪼글트리고 앉으면서, 미두꾼들이 좋은 때고 언짢은 때고 두루 쓰는 이 타령을 한바탕 외다가 갑자기,

"아차! 내가 깜박 잊었군!"

하더니, 추욱 처진 조끼 호주머니에서 불룩한 하도롱봉투 하나를 꺼내어 태수게로 던진다. 아까 은행에서 찾아온 돈 이백 원이다.

"……거기 그대루 다아 있네."

---

78) 자기도 모르는 사이에 부쩍부쩍 느는 살림을 비유적으로 이르는 말.
79) 모눈종이. 일정한 간격으로 여러 개의 세로줄과 가로줄을 그린 종이.

실상, 잊었던 것이 아니라 그대로 저한테 두어 두고 눈치를 보아 몇십 원 꺼낸 뒤에 태수를 주려고 했던 것이지만, 인제는 미두하던 끄트머리를 얻어 가졌으니 이 돈에까지 손을 댈 염치는 없었던 것이다.

태수는 형보가 미리서 손을 대지 않고 그대로 고스란히 두었다가 주는 것이 도리어 이상했으나 말없이 받아 봉투를 찢는다.

"보이소 고주사, 예?"

돌아앉아서 단장을 하던 행화가 태수가 너무 말이 없이 시춤하고만 있으니까, 그렇다고 그게 무슨 걱정이 되는 건 아니지만 그저 심심삼아 말을 청하던 것이다.

"응?"

태수는 행화한테 주려고 돈 백 원을 따로 세면서 건성으로 대답을 한다. 그는 한 일주일 전에 오입을 하고 이내 다니면서 아직 인사를 치르지 못했었다.

"글쎄 고주사아!"

"왜 그래?"

"와 그렇게 코가 쑤욱 빠졌소? 예?…… 물 건너 첩 장인 죽었소?"

"망할 것!"

"아니, 첩 장인이면……."

형보가 거들고 내달으면서,

"……첩 장인이면 행화 아버지?"

"우리 아배는 발써, 옛날에－－ 옛날에 천당 갔소!"

"기생 아범두 천당 가나?"

"모르제! 그래도 갔길래 펜지가 왔제?"

"그건 지옥에서 온 걸 잘못 본 걸다!"

"아니, 천당이락 했던데? 아이고 몇 번지락 했더라? …… 번지두 쓰고 천당 하나님 방(方)이락 했던데?"

"아냐, 그건 지옥에서 문초 받으러 잠깐 불려갔던 길일 세!"

"여보게 행화?"

별안간 태수가 졸연찮게 행화에게로 버썩 돌아앉으면서,

"……자네 그럼 나하구 천당 좀 갈려나?"

"천당요?…… 갑시다!"

"정말?"

"이 사람 그러다가는 천당으루 못 가구 지옥으루 따러가네!"

형보가 쐐기를 박는데, 행화는 그대로 시치미를 따고

앉아서,

"정말 아니고? 금세라두 갑시다."

행화나 형보나 다 농담이다. 농담 아니기는 태수다.

태수는 행화의 얼굴을 끄윽 들여다본다. 여느때도 독해 보이는 그의 눈자는 매섭고 광채가 난다. 그는 시방 들여다보고 있는 행화의 얼굴에서 행화의 얼굴을 보는 게 아니라 초봉이의 얼굴을 보고 있는 것이다.

그는 계집과 둘이서 천당을 간다는 말에서 '정사(情死)'[80]라는 것을 암시를 받았고, 그놈이 다시,

'초봉이와의 정사!'

라는 데까지 번져 나갔던 것이다.

문득 생각한 것이나 그는 무릎이라도 탁 치고 싶게 신기했고, 장차 그리할 것이 통쾌했다.

태수는 이윽고 혼자서 싱긋 웃더니 갑자기,

"에라 모르겠다!"

소리를 치면서 벌떡 일어선다. 형보와 행화는 질겁하게 놀라서 한꺼번에 태수를 올려다본다.

"……자아, 일어들 나게. 자동차 불러 타구 소풍삼어

---

80) 서로 사랑하는 남녀가 그 뜻을 이루지 못하여 함께 자살하는 일.

은적사루 놀러 가세."

"은적사 조오치!"

형보는 선뜻 맞장구를 치고 좋아하고, 태수는 손에 여태 쥐고 있던 돈 백 원이 그제야 생각이 나서, 행화의 치마폭에다가 떨어뜨려 준다.

"어서 얼핏, 옷 갈아입엇!"

"아이갸! 이리 급해서!"

행화는 돈에는 주의도 하지 않고 입술에다가 루즈칠만 한다.

"빨리 빨리!"

"서두는 게 오늘 밤에 또 울어 뒀다, 고주사."

"미쳤나! 내가 울긴 왜 울어?"

"말두 마이소. 대체 그 초봉이락 하능 기 뉘꼬?……예? 장주사는 알지요?"

"알기는 아는데 나두 상판대기는 아직 못 봤네."

행화는 제중당에 있는 그 여자가 초봉인 줄은 모른다. 모르고 어느 기생으로만 알고 있다.

"오늘 좀 불러 봤으면 좋겠다!…… 대체 어느 기생이길래 고주사가 그리 미망81)이 져서 울고불고 그 야단을 하노?"

"허허허허."

형보는 행화가 초봉이를 이름이 그럴듯하니까 기생인 줄만 알고 그러는 것이 우습대서 껄껄거리고 웃는다. 태수도 쓰디쓰게 웃고 섰다.

"예? 고주사…… 난두 기생이니 오입쟁이로 내 혼자만 차지하자꼬마는, 그러니 강짜를 하는 게 아니라아 고주사가 구만 하두우 미망이 져서 날로 붙잡고 초봉이, 초봉이 카문서 우니 말이오."

"잔말 말앗!"

"앙이다! 그라지 말고오, 오늘은 어데 어떻기 생긴 기생인지 좀 구경이나 합시다, 예?"

"까불지 말래두 그래!"

"하아! 내 이십 평생에 까분단 말이사 첨 듣소…… 예? 고주사, 오늘 데리구 같이 갑시다. 어느 권반이오?"

"기생 아니야! 괜히 그런 소리 하다가는……."

"하아! 기생 아니고, 그럼 신흥동(新興洞: 유곽) 갈보82)라요?"

"이 자식!"

---

81) 迷妄(사리에 어두워 갈피를 잡지 못하고 헤맴, 또는 그런 상태).
82) 남자들에게 몸을 파는 여자를 속되게 이르는 말. 매춘부, 창녀.

태수가 때릴 듯이 엄포를 하고, 행화는 까아알깔 웃으면서 방구석으로 피해 달아난다.

"잘한다! 잘한다!"

형보가 아랫목에서 제풀에 곱사춤을 춘다.

형보의 몫으로 기생 하나를 더 불러, 네 남녀가 탄 자동차는 길로 먼지를 하나 가득 풍기면서 공원 밑 터널을 빠져 '불이촌(不二村)' 앞을 달린다.

바른편으로는 바다에 가까운 하구의 벅찬 강물에 돛단배들이 담숭담숭 떠 있고, 강 건너 충청도 땅의 암암한 연산(連山)들 봉우리 너머로는 오월의 창공이 맑게 기울어져 있다.

곱게 내리는 햇볕에 강 위의 배들이고 들판의 사람들이고, 모두 움직이건만 조는 것 같다.

태수는 그러한 풍광보다는 이 길이 공동묘지로도 가는 길이니라 생각하면, 나도 오래지 않아 죽어서 시체만 영구차(靈柩車)에 실리어 이 길을 이렇게 달리겠거니, 그리고 오늘처럼 돌아오지 못하고 빈 영구차만이 이 길을 돌아오겠거니 생각하는 동안, 저도 모르게 눈가가 매워 왔다.

그러나 그 슬픔에는 초봉이로 더불어 죽어 더불어 묻

히고, 더불어 돌아오지 못하니 차라리 즐겁다는 기쁨이 없지도 않았다.

일행은 은적사로 나가서 술 섞어 저녁을 먹고 훨씬 저문 뒤에 시내로 들어왔다. 시내로 들어와서는 다시 요릿집에 들어앉아 자정 후 두시가 지나도록 술을 먹고서야 파하고 헤어졌다.

태수는 술을 많이 먹느라고 먹었어도 종시 취하지를 못하고, 몸만 솜 피듯 피로했지, 취하자던 정신은 끝끝내 초랑초랑했다.

그는 자동차를 타고 오다가 개복동 어귀 행화집 앞에서 행화와 갈렸다. 행화는 기왕 늦었으니 제 집으로 들어가자고 권했고, 태수도 그리하고는 싶었으나 좋게 물리쳤다. 너무 여러 날 바깥 잠만 자고 제 방을 비워 두어서는 안 될 '의무' 한 가지가 있던 것이다.

태수는 바깥주인 탑삭부리 한참봉이 차라리 첩의 집에 가지 않고 큰집에서 자고 있기나 했으면 되레 다행이겠다고 생각하면서, 지쳐만 둔 대문을 살그머니 여닫고, 마당을 무사히 지나 뜰아랫방인 제 방으로 들어갔다. 그러나 마악 양복 저고리를 벗었을 때에, 신발 끄는 소리와 연달아 방문이 열리면서, 안주인 김씨가 눈이 샐쭉해 가지고 말없이 들어서더니, 다짜고짜로 와락 달려들어 태수의 팔을 덥석 물고 늘어진다.

5. 아씨 행장기(行狀記)[83]

김씨가 이럴 제는 탑삭부리 한참봉은 첩의 집에 가고 없는 게 분명했다. 줄 맞은 병정이라 태수는 마음놓고,

"아이구 아얏!"

허겁스럽게 소리를 지르면서 방구석께로 피해 들어간다.

김씨는 물었던 것을 놓치고서 새액색 기어들고, 태수는 방구석에 가 박혀 서서 두 손을 내밀어 김씨를 바워낸다.

"다시는 안 그럴게, 다시는……."

태수는 어리광을 떨면서 빌고, 김씨는 약올랐던 것이 사그라지기 전에 웃음이 나오려고 하는 것을 억지로 참을 겸 입을 따악 벌리고 연신 덤벼 든다.

---

83) 일생의 행적을 적은 기록.

"아, 안 돼. 아, 안 돼."

"다시는 안 그러께요. 거저 다시는 안 그러께요!"

태수는 지친 몸을 지탱하다 못해 펄씬 주저앉아서 두 손바닥을 싹싹 비빈다.

김씨는 태수가 그러면 그럴수록 꼬옥 한 번만 더 물고 싶어 죽는다. 인제는 밉살스러워서 그런 것이 아니라, 이뻐서 물고 싶다.

김씨는 물기를 무척 좋아한다. 그는 태수가 이뻐도 물고, 미워도 문다. 물어도 그냥 질근질근 무는 것이 아니라, 사정없이 아드득 물어뗀다. 이렇게 물어 떼는 맛이란, 잇녘 속이 근질근질, 몸이 금시로 노그라지는 것 같아 세상에도 꼭 둘째 가게 좋지, 셋째도 가지 않는다.

그 덕에 태수는 양편 팔로 어깨로 젖가슴으로 사뭇 이빨자국투성이다.

처음 시초는, 소리를 내서 티격태격하기가 조심이 되니까, 소리 안 나는 싸움을 하느라고 물고 물리고 했던 것인데, 시방 와서는 그것이 둘 사이에 없지 못할 애무(愛撫)가 되고 말았다.

무는 김씨는 말할 것도 없거니와 물리는 태수도 아프기야 아프지만, 그놈 살이 떨어질 듯이 아픈 맛이란, 약간 안마(按摩) 못지않게 시원하다.

김씨는 태수가 젊고, 다 그 밖에도 여러 가지로 좋은 데가 있어서 좋아하는 것이지만, 이렇게 물어 뗄 수 있는 것이 더욱 좋았다.

그는, 언젠가 남편이 첩의 집에 가지 않고 큰집에서 같이 자던 날 밤인데, 아쉰 깐에 태수한테 하던 버릇만 여겨, 그다지 기름지지도 못한 남편의 젖가슴을 텁석 물어 뗴었다.

했더니, 탑삭부리 한참봉은 경풍하게 놀라,

"아니, 이 여편네가 이건 미쳤나!"

고함을 지르면서 김씨의 볼때기를 쥐어박질렀다. 그런 뒤로부터는 김씨는 남편과 잘 때면 조심을 하느라고 애를 쓰곤 했었다.

김씨는 종시 입을 따악 벌리고,

"아…… 한 번만 더 물자. 아."

하면서 자꾸만 태수 앞으로 고개를 파고든다.

"아퍼 죽겠구만!"

태수는 먼저 물린 자리를 만지면서 바로 응석을 부린다.

"그래두. 그새 죄진 벌루다가…… 아, 한 번만 더. 아."

"싫여이!"

"요것아!"

물기도 이골이 나서 어느결에 들이덤볐는지, 태수의 어깨를 덥석 물고 몸을 바르르 편다. 으응! 소리가 사뭇 징그럽다.

"아이구우! 이놈의 늙은이가 인전 날 영영 죽이네에!"

태수는 방바닥에 나동그라져 우는 시늉을 하면서 물린 어깨를 손바닥으로 비빈다.

"아프냐?"

김씨는 좋아서 태수의 얼굴을 갸웃이 들여다보다가, 머리를 안아올려 무릎을 베게 해준다.

"응, 아퍼 죽겠어!"

"아이 가엾어라! 내 새끼…… 자아 그럼 쎄쎄 해주께, 응?"

김씨는 태수의 어깨를 손바닥으로 싹싹 비비면서,

"쎄쎄 쎄쎄, 까치야 까치야, 우리 애기 생일날…… 아이 술냄새야! 술을 또 퍼먹었구나?"

"응, 아주 많이……."

"왜 그렇게 술을 몹시 먹구 다녀! 그대지 일러두?"

"속이 상해서!"

"속이 왜 상허구, 또 속상헌다구 술만 먹구 다녀선 쓰나? 몸에 해룹기나 허지. 무엇 밀수(蜜水)나 좀 타다 주까?"

태수는 고개만 살래살래 흔들고 눈을 스르르 감는다. 얼굴에는 수심이 가득하다.

태수의 얼굴을 내려다보던 김씨도 역시, 태수만 못지않게 얼굴에 수심이 드러난다.

"아무래두! 아무래두······."

김씨는 가볍게 한숨을 내쉬면서 탄식하듯 혼자말로 뇌사린다.

"······너를 장가나 딜여서 맘을 잡게 해야 할까 부다! 아무래두."

"장가? 흥! 장가아!"

태수는 시쁘듬하게 제 자신더러 하는 듯 이런 조소를 하다가 다시,

"······혹시 우리 초봉이라면!"

"건 안 될 말이다!"

김씨는 시방까지 추렷하고 상냥스럽던 얼굴과는 딴판으로, 더럭 표독스럽게 잡아뗀다.

"대체 어째서 초봉이라면 그렇게 치를 떨우?"

태수는 열이 나서 벌떡 일어나 앉아 눈을 찢어지게 흘

긴다.

"……초봉이가 당신네 신주단지요?"

"네게는 과분해."

김씨는 아까 낯꽃 변했던 것을, 태수한테 띄지 않고 얼핏 고쳐, 천연스럽게 갖는다.

"내, 오기루라두 기어코 초봉이허구 결혼하구래야 말걸?"

태수는 씹어 뱉듯이 두런거리면서 아무 데나 도로 쓰러진다.

"내가 방해를 놀아두?"

"그게 원 무슨 놈의 갈쿠리[84] 같은 심청이람!…… 그래, 우리가 언제까지구 이렇게 지내다가는 못쓰겠으니 갈려야 하겠다구, 뉘 입으루 내논 말야?…… 뭐 또, 날더러 맘을 잡으라구, 다아 그렇게 하자면 역시 장가를 들어야겠다구 한 건 누구야? 내가 장가를 가겠다면 중매 이상으루 가진 뒷수발 다아 들어 주겠다구는 뉘 입으루 한 말야?"

"그래 글쎄! 내가 중매까지 서구, 말끔 대서 장간 딜여

---

84) '갈고리'의 방언(전남, 평남, 함남).

줄 테야!"

"그런데 왜 내가 좋다는 초봉인 훼방을 놀려구 들어?"

"초봉인 안 된다! 네게루 가면 그 애가 불쌍해. 천하 건달 부랑자한테루 그 애가 시집을 가서 신세를 망친대서야 될 말이냐?"

"별 오라질 소리두 다아 허구 있네!"

태수는 골딱지가 나서 벽을 안고 누워 버린다.

태수는 그래서 골을 내는 것이지마는 김씨는 김씨대로 노여움이 없지 못하다. 노여움 끝에는 자연 일의 시초가 여자답게 뉘우쳐지기도 한다.

태수가 여관에서 묵다가 아는 사람의 반연으로 이 집으로 하숙을 잡아 들기는 작년 여름이다.

제 밥술이나 먹는 탑삭부리 한참봉네가 무슨 우난 이문을 바라서 그런 건 아니고, 기왕 뜰아랫방이 비어 있으니 비어 내던져 두느니보다 점잖은 손님이라도 치고 싶다고 김씨가 이웃에 말을 냈던 것이 계제에 염집을 구하던 태수한테까지 발이 닿았던 것이다.

본시야 서로 코가 어디 가 붙었는지도 모를 생판 남이지만, 한번 주객이 되고 보매 둘 사이는 매삭 이십오 원이라는 밥값을 주고받는다는 거래를 떠나서 서로 마음이 소통되게끔 사정이 마침 맞았다.

　태수는 생김새도 흉치 않거니와 성품도 사근사근하니 정이 붙게 하는 데가 있어 탑삭부리 한참봉더러도 아저씨 아저씨 하고 정말 일가뻘이나 되는 조카처럼 따르고 더러는 맛좋은 정종병도 들고 들어와서 적적한 밥상머리에 앉아 반주도 권해 주고 하는 짓이 수월찮이 밉지 않게 굴었다.

　탑삭부리 한참봉은, 그것도 자식 없는 사람의 약한 인정이라, 태수가 그래 주는 것이 적잖이 위로가 되고, 그러는 동안에 정이 들어, 지금 와서는 어느 때는 태수가 꼭 자기의 자식이나 친조카같이 생각되는 적도 있었고, 그래서 그는 늘 태수의 밥상 같은 것에도 마음을 쓰고, 아내더러 도미를 사다가 찜을 해주라고까지 하게끔 되었던 것이다.

　'모르는 건 놈팽이뿐.'

　이런 물 건너 속담도 있거니와, 물론 그는 아내와 태수 둘이서 그런 짓을 하고 지내는 줄은 꿈에도 모르고 있다.

　여자라는 것은 무슨 정이고 간에 정이 들기가 남자보다 연한 편이다.

　김씨는 태수가 아주머니 아주머니 하면서 상냥하게 굴

고 하는 서슬에 그가 주인 정해 온 지 석 달이 채 못해서, 남편이 일 년 가까이 된 요새 겨우 태수한테 든 정 그만큼, 도타운 정이 그때에 벌써 들었었다. 김씨는 그래서 그때부터, 조카같이 오랍동생같이 나이를 상관 않고 자식같이 귀애했고, 귀애하기를 남편 한참봉만 못지않게 귀애했다.

그러하던 중······ 작년 시월 초생, 음력으로 보름께였던지, 달이 휘영청 밝고 제법 산들거리는 게 젊은 사람은 객회가 남직한 밤이었었다.

그날 밤 태수는 주인집의 저녁밥도 비워 때리고 요릿집에서 놀다가 자정이 지나서야 돌아오는 길이었다.

술이야 얼근했지만, 밤이 그렇게 마음 촐촐하게 하는 밤이니, 다니는 기생집도 있고 한 터에 그냥 돌아오지는 않았겠지만, 어찌어찌하다가 서로 엇갈리고 헛갈리고 해서 할 수 없이 혼자 동떨어진 셈이었었다.

그는 술을 먹고 늦게 돌아왔다가 탑삭부리 한참봉한테 띄면 으레 붙잡혀 앉아서 술을 먹지 말라는 둥, 사내가 어찌 몇 잔 술이야 안 먹을꼬마는 노상 두고 과음을 하면 해로운 법이라는 둥, 이런 제법 집안 어른 노릇을 하자고 드는 잔소리를 듣곤 하기 때문에 그것이 성가시어, 살며시 제 방으로 들어가려고 했었다.

태수는 그래서 사푼사푼 마당을 가로질러 뜰아랫방으로 가노라니까 공교히 안방에서,

"고서방이우?"

하고 기척을 내는 김씨의 음성에 연달아 앞 미닫이가 열렸다.

"네에, 납니다…… 여태 안 주무세요?"

태수는 할 수 없이 안방 댓돌로 올라섰다. 김씨는 흐트러진 풀머리에 엷은 자릿적삼으로 앞을 여미면서 해죽이 웃고 내다보던 것이다.

남편의 마음이 변한 것이야 아니지만, 그래도 시앗을 본 젊은 여인이라, 더위 끝에 산산히 스미는 야기(夜氣)[85]에 잠을 설치고 마음이 싱숭거려, 이리저리 몸을 뒤치고 있던 참이다.

"늦었구려? 저녁은 어떻게 했수? 자서예지?"

"먹었어요…… 아저씬 주무세요?"

"저 집에 가셨지."

"하하하, 나는 글쎄 술을 한잔 먹었길래, 아저씨한테

---

85) 밤공기의 차고 눅눅한 기운.

들킬까 봐서 그대루 슬쩍 들어가 버릴 양으루 그랬지요. 하하하…… 그럼 좀 놀다가 잘까?"

태수는 아무 거리낌 없이 마루로 해서 안방으로 성큼 들어선다.

이거야 탑삭부리 한참봉이 있건 없건, 밤이고 낮이고 안방에 들어가서 놀고 누워 뒹굴고 하던 터라, 이날 밤이라고 그것을 허물할 바는 아니었었다.

그러나 이날 밤사 말고, 태수는 김씨의 잠자리에서 나온 그 흐트러진 자태에 전에 없던 운치스러움을 느끼지 않은 것도 아니다. 하지만, 그렇다고 또 어떤 무엇을 분명하게 계획한 것은 물론 아니요, 그저 그 당장에 문득인 흥(興), 단지 그 흥에 지나지 않던 것이다. 적어도 시초만은 그러했다.

이 흥은 김씨도 일반이다. 그는 태수가 그대로 돌아서서 제 방으로 가려고 했더라면 놀다가 가라고 자청 불러들이기라도 했을 것이다.

태수는 윗미닫이로 해서 안방으로 들어서고 김씨는 엽엽스럽게도,

"아이머니!"

질겁을 하면서, 그러나 엄살을 하는 깐으로는 서서히,

자줏빛 누비처네를 끌어다가 홑껍데기 하나만 입은 아랫도리를 가리고 앉는다.

"미안합니다! 난 또 아직 눕잖으신 줄 알았지."

"아냐 괜찮아! 일루 앉어요. 어떤가? 머, 늙은 사람이…… 자아 앉어요."

태수가 도로 나올 듯이 주춤주춤하는 것을 김씨는 붙잡아 앉히기라도 할 것같이 반색을 한다.

둘이는 태수가 술 먹은 이야기를 몇 마디 주고받고 하다가 말거리가 없어 심심했다. 전에는 이런 일은 통히 없었다.

"고서방두 인제는……."

어색하리만치 말이 없다가 김씨가 겨우 이야깃거리를 찾아내던 것이다.

"……장갈 들어서 살림을 해예지! 늘 이렇게 지내느라구 고생허구…… 적적하긴들 오죽해여!"

"아즈머니두! 색시가 있어야지 장갈 가지요?"

"온 참! 고서방 같은 이가 색시가 없어서 장갈 못 들어? 과년찬 색시들이 사뭇 시렁 가래다가 목을 맬려구 들 텐데, 호호."

"아녜요, 정말 하나두 걸리는 게 없어요. 이러다간 총

각귀신 못 면할까 봐요!"

"숭헌 소리두 퍽두 허구 있네!…… 아 고서방이 장가만 가구 싶다면야 내 중매 안 서주리?"

"정말이요?"

"그래에!"

"거 참 한자리 마땅한 데 좀 알아봐 주시우. 내 술은 석 잔말구 삼백 잔이라두 내께."

"그래요!…… 그렇지만 인제 고서방이 장갈 들면 따루 살림을 날 테니 우리 내윈 섭섭해서 어떡허나? 호호, 우리 욕심만 채리구서 그런 말을 다아 허구 있어요! 하하하아."

"허허, 정 그러시다면, 그대루 저 뜰아랫방에서 살림을 하지요, 허허."

"호호……."

김씨는 간드러지게 웃다가 낯빛을 고치고 곰곰이,

"……아이 나두 고서방 같은 아들이나 하나 두었으면 오죽이나!"

말을 못 맺고 한숨을 내쉰다.

"인제 애기 나실 걸 머…… 저렇게 젊으신데!"

"내가 젊어?"

김씨는 짐짓 눈을 흘기다가 다시 고개를 흔든다.

"……내야 늙구 젊구간이, 안 돼!"

"왜요?"

"우리집 영감님이 아주 제바리야! 그새 첩을 네엔장 몇씩 갈아딜이두 아이를 못 낳는 걸 좀 보지?"

"허긴 그래요! 남자가, 저어 그래설랑…… 아일 못 낳기두 하니깐…….."

"그러니 우리 집안은 자손 보기는 영 글렀지!…… 젠장 맞을, 여편네 혼자서 아이 낳는 재주 없나!"

김씨는 해쭉 웃고, 태수도 같이서 빙긋이 웃는다.

김씨는 아이를 낳지 못해서 슬하가 적막하기도 하거니와, 장래가 또한 걱정이었었다.

만일 김씨 자기가 영영 아이를 낳지 못하고 그 대신 첩의 몸에서 무엇이 되었든지 간에 하나 낳는 날이면, 남편의 정이며 또 재산은 그 아이와 그 아이의 어미한테로 달칵 기울고 말 것이었었다.

그러는 날이면, 김씨는 내 신세가 간데없을 테라 해서 연전부터 그는 남편한테 돈을 한 오백 원이나 얻어 가지고 그것을 따로 제 몫을 삼아 사사 전당도 잡고, 오픈변 돈놀이도 한 것이 시방은 돈 천 원이나 쥐고 주무르는데,

이것은 장차 그렇게 될 날을 혹시 염려하고, 즉 말하자면, 늙은 날의 지팡이를 장만하는 셈이었었다.

이러한 불안이 있으므로 김씨는 내 몸에서 아이를 낳기를 간절히 바랐다. 그는 그가 한 말대로 여자 혼자서 아이를 날 수가 있다면, 그 수가 무엇이 되었든지 간에 가리지 않을 만큼 간절히 아이를 바랐었다.

그러나 그렇다고 다른 남자에게 정조를 개방하리라는 결단이 동시에 서서 있느냐 하면 그런 것은 아니고, 그것은 옳고 그른 시비보다도 우선 거기까지는 생각이 미치지를 않았었다.

태수와 사이의 사단이, 좌우간 마음 성가시게 된 요새와서는 김씨는 '자식이나 하나 보겠던 것이!' 하는 후회를 혼자 앉아 가끔 하곤 한다. 그러나 그것은 저로서 저를 속이자는 괜한 억지이던 것이다.

미상불 태수와 그렇게 된 그 이튿날부터도 아기를 바랐고, 시방도 바라는 것은 사실이다. 그러나 그는 아기를 바라느라고 태수와 그렇게 한 것은 아니었었다. 기왕 그리 되었으니 아기나 하나 낳았으면 좋겠다는 욕심, 이게 정말이던 것이다.

탑삭부리 한참봉은 비록 자손을 보겠다고 첩을 얻고

지내지만, 마음으로는 아내 김씨한테 노상 민망해한다. 십오 년 동안이나 쓴맛 단맛 같이 맛보아 가면서, 게다가 이만한 전장까지 장만하느라고 동고동락으로 늙어 온 아내다. 자식을 낳지 못하는 것 하나가 흠이지, 정이야 깊을 대로 깊고 해서 알뜰한 생애의 길동무인 것이다.

그렇지만 한참봉은 김씨보다 나이 열세 살이나 더해서 이미 늙발86)에 들어앉은 사람이다.

그러한데다 한 달이면 삼사 일만 빼놓고 육장 첩의 집에 가서 잠자리를 하곤 하니, 가령 마음은 변하지를 않았다 하더라도 옛날같이 다 구격이 맞는 남편이 될 수는 없었다.

한편 김씨도 남편이 마음이 변하지 않았고, 미더워하며 소중히 여겨 주는 줄은 잘 알고 있었다. 또 김씨 자신도 의가 좋게 반생을 같이 살아온 남편이니, 그에게 정도 깊거니와 의리도 큼을 모르는 바 아니었었다.

그런지라 그는 남편이 갑자기 싫어졌다거나, 그래서 배반할 생각이 들었다거나 한 것은 아니었었다.

단지 그것은 그것이고, 이것은 따로 이것이라, 시장하

---

86) 늙은 무렵, 늙었을 때 등을 일컫는 말.

기도 한데 냉면도 구미가 당겼던 그런 셈쯤 되었었다.

그럼직도 한 것이, 김씨는 젊었다. 나이보다도 또 더 젊었다. 그런데 바로 눈앞에서 알찐거리는 태수는 늘 아주머니 아주머니 하면서 곧잘 보비위를 해주고 싹싹히 굴어 오랍동생[87]같이 조카같이 자식같이 따르는 귀동이요, 그런만큼 다뤄 보기에 호락호락하기도 했었다.

그 만만하게 다룰 수 있는 귀동이는, 그런데 또 보매도 씩씩한 젊은 사내이어서 셰퍼드답게 세찬 매력을 가졌었다.

진실로, 삼십을 가제 넘은, 시앗을 본 여인의 바로 무릎 앞에서, 그리하여 그놈 셰퍼드가, 초가을의 산산한 야기에 포옹이 그리운 밤과 더불어 쭈그리고 앉아 있는 게 그 밤의 핍절한 정경이었었다.

피가 뜨겁게 머리로 치밀고 숨이 차왔다. 그러자 마침 땡땡 마루에서 두시를 쳤다.

시계 소리에 태수는 그만하고 일어설까 했으나 엉덩이가 떨어지지를 않았다. 어느결에 흠씬 무르익어 버린 이 흥을 이대로 깨뜨리기가 섭섭했던 것이다.

---

87) '오라비'의 방언(강원).

“고서방, 우리 화투나 칠까?”

김씨가 약간 떨리는 음성을 캐액캑 가다듬어 겨우 말을 내던 것이다.

“칩시다.”

태수는 선선히 대답을 하고 일어서더니, 잘 아는 장롱 서랍을 뒤져 화투목을 꺼내다가 착착 치면서 김씨 앞으로 바투 다가앉는다.

“고서방 고단할걸?”

“뭘! 괜찮어요.”

“그러면 ‘놉빼꾸’ 한판만…… 그런데 내기야?”

“좋지요. 무슨 내기를 할까요?”

“글쎄…… 무슨 내기가 졸꼬?…… 고서방이 정허구려.”

“나는 아무래도 좋아요. 아주머니 하자는 대루 할 테니깐 맘대루 정하시우.”

“무슨 내기가 좋을지 나두 모르겠어!…… 고서방이 정해요.”

“그럼 팔 맞기?”

“승거워!”

“그럼 무얼 하나!”

“아이! 정허구서 해예지!”

김씨는 태수가 내미는 화투를 상보기로 떼어 보고, 태수도 떼어 보면서,

"내가 선이로군…… 그럼 이렇게 합시다? 이기는 사람이 시키는 대루 내기 시행을 하기루?"

"그래그래, 그럼 그렇게 해요? 무얼 시키든지 시키는 대루 하기야?…… 고서방 또 도화 불르면 안 돼?"

"염려 마시구, 아즈머니나 떼쓰지 말구서 꼭 시행하시우!"

토닥토닥 화투를 치기 시작은 했으나, 둘이는 다 화투에는 하나도 정신이 없다. 싫증이 나서 홍싸리로 흑싸리를 먹어 오기도 하고, '시마'를 빼놓고 세기도 했다.

누가 이기고 누가 져도 상관없을 것이지만, 그래도 승부는 나서 태수가 졌다.

"자아, 인전 졌으니 내기 시행해요!"

"하지요. 무어든지 시키시오."

"가만있자…… 무얼 시키나아?"

"무어든지……."

"무엇이 조꼬?"

김씨는 까막까막 생각하는 체하다가 별안간,

"아이! 난 모르겠다!"

하면서 자리에 가 쓰러져 버린다.

"숭겁네!"

"그럼 말야아, 응?"

김씨는 도로 발딱 일어나더니 얼른 태수의 귀때기를 잡아다가 입에 대고,

"……저어, 나아 응? 애기 하나만……."

하면서 한편 팔이 태수의 어깨를 감는다.

그날 밤 그렇게 해서 그렇게 된 뒤로부터 둘이는 그대로 눌러 오늘날까지 지내 왔다. 여덟 달이니 장근 일년이다.

탑삭부리 한참봉이야 육장 첩의 집에 가서 자곤 하니까, 태수가 달리 오입을 하느라고 바깥잠을 자는 날만 빼면, 그래서 한 달 두고 보름은 둘이의 세상이다.

식모나 심부름하는 아이년도 돈이며, 옷감이며, 다 후히 얻어먹는 게 있어, 밤이면 태수를 바깥주인 대접을 할 줄로 알게쯤 되었기 때문에 둘이는 아주 탁 터놓고 지낼 수가 있었다.

그것은 마치 한참봉이 첩을 얻어 두고 어엿이 다니는 것과 일반으로, 김씨도 태수를 남첩(男妾)[88]으로 집안에

---

88) 여자에게 얻어먹으면서 잠자리 벗을 해주는 남자.

다 두어 두고 재미를 보던 것이다.

태수가 작년 여름에 이 집으로 주인을 잡고 올 때에는 인조견 이부자리 한 벌과, 낡은 트렁크 한 개와, 행담 한 개와 도통 그것뿐이었었다.

그러던 것이, 김씨와 그렇게 되던 사흘 만에는 단박 폭신폭신한 진짜 비단 이부자리에 방석까지 껴서 들여놓고, 연달아 양복장이야, 책상이야, 요강, 재떨이, 체경 이런 것으로 그의 방은 혼란스럽게 차려졌다.

그 밖에 철철이 갈아 입을 조선옷이며, 보약이며, 심지어 담배까지도 해태표로만 통으로 두고 피웠다.

이러한 비발은 김씨가 말끔 제 돈을 들여서 해주되, 남편한테는 눈치로든지 말로든지 태수가 돈을 내놓아 그 부탁으로 심부름을 해주는 체하기를 잊지 않았다.

밥값은, 처음에 이십오 원에 정한 것을 오 원씩 더 내서 삼십 원씩이라는 핑계로 언제나 밥상은 떡벌어졌다. 그러나 태수는 처음 석 달 동안만 이십오 원씩 밥값을 치렀지, 그 뒤로는 피차에 낼 생각도, 받을 생각도 하지를 않았다.

그 동안 김씨는 남편이 어느 첩한테서 긴치 않게 전염을 받은 ××을 나누어 가졌다가, 그놈을 다시 태수한테

모종을 해주었다.

그 덕에 태수는 단단히 고생을 했고, 치료는 했어도 뿌리는 빠지지 않고 만성이 되어, 요새도 술을 과히 먹거나 실섭을 하면 도로 도져서 병원 출입을 해야 했었다.

태수는 화투의 승부로 그날 밤에 짊어진 내기 시행 가운데 여벌치 한 대목은 아직도 시행을 하지 못했다. 웬일인지, 김씨는 포태(胞胎)[89]하는 기색이 보이지를 않았다.

"나는 아마 팔자가 그런가 봐!"

김씨는 생각이 나면 태수를 붙잡고 불평삼아, 탄식삼아 가끔 이렇게 뇌살거린다.

그러나 일변 둘이 사이에 정은 수월찮이 물크러졌다.

태수는 한편으로, 호화스러운 맛에 전과 다름없이 기생 오입도 하고 지내고, 또 요새 와서는 초봉이한테 정신이 쏠려 그와 결혼을 하려고 애를 쓰고 하기는 해도, 그런 것과는 달리 김씨와 사이에는 소위 색정이라는 것이 자못 깊었다. 김씨는 더했다.

그러나 아무리 정이 들고 서로 좋고 해도, 애초부터 아무 때고 떨어져야 한다는 말없는 조건이 붙은 둘 사이

---

89) 임신.

의 관계이었었다.

김씨는 수월찮이 영리하기도 한 여자이었었다. 그는 한때의 손잡손으로 일생을 그르칠 생각은 없었다.

만일 태수와 이렇게 오래오래 두고 지내다가는 필경 파탈이 나서, 큰 풍파가 일고라야 말 것을 그는 잘 알고 있다.

그래서 그는 지나간 삼월부터는, 인제는 웬만큼 해두고 일을 수습할 궁리를 하기 시작했다.

하기야 태수와 떨어질 일을 생각하면, 생각만 해도 섭섭하기란 다시 없었다. 또 기왕 내친걸음이니, 바라던 자식이나 하나 뺄 때까지 그렁저렁 밀어 가고도 싶었다.

그러나 올 삼월, 그때만 해도 벌써 배가 맞아 지낸 지가 반년인데, 반년이나 두고 그렇게 지냈어도 가져지지 않던 아이가 앞으로 더 지낸다고 별안간 생겨질 것 같지도 않고, 그뿐 아니라, 남편을 더 오래 속일수록 위험은 더 많이, 그리고 더 가까이 닥뜨려 오게 하는 것이어서 차차로 겁이 더 나기도 했었다.

한번 이렇게 위험을 느끼고 나매, 그는 그새까지는 어쩌면 그렇듯 마음을 턱 놓고 지냈던가 싶을 만큼 자꾸만 초조와 불안이 생기기 시작했다. 뿐 아니라 앞으로 가령 위험이 없다고 하더라도, 그렇더라도 태수를 한평생 옆에 두고 지내진 못할 바이면, 역시 차라리 선뜻 떨어지는 게 수거니 싶었다.

그러나 생각만 그렇지, 생각 먹은 대로 되지는 않았고, 해서 그러면 생으로 잡아떼느니보다 태수를 장가를 들여서 할 수 없이 떨어지도록 하는 도리가 옳겠다고, 드디어 태수를 장가를 들일 결심을 했던 것이다. 하고서, 태수더러 그 이야기를 하고 그렇게 하자고 하니까, 태수는 갈리는 거야 형편대로 할 것이지만 장가는 갈 생각이 없다고 내내 코방귀[90]만 뀌었다.

그래서 하루 이틀, 그 짓을 그대로 미룩미룩 밀어 내려오던 참인데, 그러자 이러한 일이 있었다.

사월 바로 초생이니까 달포 전이다.

태수가 오후에 은행에서 돌아와 바깥 싸전가게에 나가서 탑삭부리 한참봉과 한담을 하고 있노라니까 웬 여학생인지, 차림새는 초라해도 얼굴이며 몸맵시가 단박 눈에 차악 안기는, 그런 여학생 하나가 가게 앞으로 지나가고 있었다. 태수는 그 여학생의 차림새가 너무 조촐하고

---

90) 콧방귀.

더욱 트레머리에 통치마는 입었어도 고무신에 버선을 신은 것이, 혹시 공장이나 정미소에 다니는 여직공이 아닌가 했다.

그렇다면 더욱 인물이 아깝다고, 그래서 태수는 황홀하게 그를 바라보는 참인데 마침 탑삭부리 한참봉을 보더니 사풋이 허리를 굽혀 인사를 하는 것이었었다.

초봉이었었다.

"어이, 아버지 안녕하시구?"

탑삭부리 한참봉은 이렇게 아주 친숙히 인사 대답을 했다.

"네에."

초봉이의 대답은 들리는 둥 마는 둥했지만, 방긋이 웃는 입을 보고서 태수는 그만 엎으러지게 흠탄을 했다.

초봉이가 지나가기가 무섭게 태수는 탑삭부리 한참봉더러,

"거 누구예요?"

하면서 사뭇 숨이 차게 다급히 묻던 것이다.

"왜?"

한참봉은 히쭉이 웃다가,

"……저 너머 둔뱀이 사는 우리 아는 사람의 딸인

데…… 학교 졸업하구서 시방 저기 제중당이라는 양약국에 다닌다지…… 그래 맘에 들어?"

그는 연신 수염 속에서 내숭스럽게 웃는다.

"아녜요, 거저……."

태수는 너무 덤빈 것이 점직해서 뒤통수를 긁는다.

"흐웅! 맘에 드는 모양이군그래?…… 워너니 똑똑하겐 생겼지. 저엉 맘에 들거들랑 집엣사람더러 중맬 서달라지? 저 너머 둔뱀이 정주사네 맏딸 초봉이라면 나보다 더 잘 알 테니."

"아녜요, 아저씬 괜히."

그날 밤부터 태수는 그새까지 시뻐하던 장가를 급작스레 들겠노라고, 그러니 초봉이한테 중매를 서달라고 김씨를 졸랐다.

초봉이란 말에 김씨는 도무지 전에 없던 일로 별안간 강짜가 나고, 나되 사뭇 앞이 캄캄하고 몸이 떨려 어쩔 줄을 몰랐다.

김씨는 자청해서 태수더러 결혼을 하라고 했고, 종차 나서서 규수를 골라 내 손으로다가 뒤받이를 들어 혼사를 치러 줄 염량까지 했고, 그러면서도 조금도 질투 같은 것은 몰랐고 한 것은 무릇 그 여자 즉 태수의 배필인

동시에 질투의 대상 인물이 실지의 인물로서 아직 드러나지 않았기 때문이었었다.

그러다가 마침내 초봉이라고 하는 잘 아는 계집애, 그때의 최근으로는 작년에 본 것이 마지막이지만 썩 아담스럽게 생긴 그 계집애 초봉이가, 이건 시방 당장 내 애물인 태수를 차지를 해가다니! 아 그 계집애가! 이러해서 계제와 대상을 만나 질투는 피어올랐던 것이다. 그러한 딴 속을 두어 두고, 그는 태수더러는 초봉이가 너한테는 과분하다는 핑계를 해가면서, 그의 소청을 들어주지 않으려고 드는 것이었었다.

그러나 그는 마침내 마음을 돌리지 않을 수가 없었다.

6. 조그마한 사업

언덕 비탈을 의지하여 오막살이들이 생선 비늘같이 들어박힌 개복동, 그 중에서도 상상꼭대기에 올라앉은 납작한 토담집.

방이라야 안방 하나, 건넌방 하나 단 두 개뿐인 것을 명님(明姙)이네가 도통 오 원에 집주인한테서 세를 얻어

가지고, 건넌방은 따로 '먹곰보'네한테 이 원씩 받고 세를 내주었다.

대지가 일곱 평 네 홉이니, 안방 세 식구, 건넌방 세 식구, 도합 여섯 사람에 일곱 평 네 홉인 것이다.

건넌방에는 시방 먹곰보도 없고, 그의 아낙도 없고, 아랫목에는 제돌쟁이 어린것이 앓아누웠고, 윗목에서는 경쟁이가 경을 읽고 앉았다.

방 안은 불을 처질러 놓아서, 퀴퀴한 빈취(貧臭)[91]가 더운 기운에 섞여 물큰 치닫는다.

어린것은 오랜 백일해로 가시같이 살이 밭고, 얼굴은 양촛빛이다. 그런 것이 입술만 유표하게 새까맣게 탔다. 폐렴을 덧들였던 것이다.

눈 따악 감은 얼굴이며, 꼼짝도 않는 사족에는 벌써 사색(死色)이 내려덮었다. 목숨은, 발딱발딱 가쁜 숨을 쉬는마다 달싹거리는 숨통에만 겨우 걸려 있다. 몇 분도 아니요, 초(秒)를 가지고 기다릴 생명이다.

경쟁이는 갓을 쓰고, 두루마기를 입고, 윗목으로 벽을 향하여 경상 앞에 초연히 발을 개키고 앉아 경만 읽는다.

---

91) 지독한(역겨운) 냄새.

경상으로 모서리 빠진 소반 위에는, 밥이 한 그릇에 콩나물 한 접시, 밤 대추 곶감을 얼러서 한 접시, 북어가 세 마리 이렇게가 음식이요, 돈이 일 원짜리 지전으로 두 장, 쌀이 두 되는 실히 되겠고, 소지(燒紙)[92]감으로 접은 백지가 석 장, 일 전짜리 양초에 불을 켜서 꽂아 놓은 사기접시, 그리고 소반 옆으로는 얼멍얼멍한 짚신이 세 켤레, 대범 이와 같이 차려 놓았다. 병자한테 붙어 있는 귀신더러 이 음식을 먹고, 이 짚신을 신고, 이 돈으로 노수를 해서 딴 데로 떠나라는 것이다.

이렇게 차려 놓은 경상 앞에 가서 경쟁이는 자못 엄숙하게 북을 차고 앉아 경을 읽는데…… 북을 얕게 동당동당 동당동당 울리면서 청도 북대로 고저와 박자를 맞추어 나직하고 느릿느릿,

"해—동조—선 전라—북도 군산부—산상— 정 권씨—댁……."

무엇이 어쩌구저쩌구 한바탕 주욱 외우다가는, 목소리를 일단 위엄 있이,

"오방신자앙—"

---

92) 신령 앞에서 비는 뜻으로 희고 얇은 종이를 불 살라서 공중으로 올리는 일, 또는 그 종이.

처억 불러 놓고서 이어, 북도 빨리, 청도 빨리 몰아 들입다 귀신을 불러 대는데, 아마 세상 귀신이란 귀신은 있는 대로 죄다 나오는 모양이다. 게다가 계급도 가지각색이요, 개명을 톡톡히 한 경쟁이든지, 심지어 '한강철교 연애하다가 빠져 죽은 귀신'까지 불러 댄다.

대체 이렇게 숱해 많은 귀신들이, 한 부대(一個部隊)는 넉넉한가 본데, 겨우 그 앞에 차려 놓은 것만 가지고 나누어 먹자면 대가리가 터지게 싸움이 날 텐데, 본시 귀신이란 형체가 보이지 않는 것이라 그런지 저희끼리 오쟁이를 뜯는 꼴은 볼 수 없다.

아무튼 그렇게 귀신 대중(大衆)을 불러 놓더니 그 담에는 갑자기 북소리와 목청을 맹렬하게 높여, 그러느라고 발 개킨 엉덩이를 들썩들썩, 팔을 번쩍번쩍 쳐들면서 크게 꾸짖어 가로되,

"너 이 귀신들!…… 빨리 운감을 하고, 당장에 물러가야 망정이지, 그러지 안할 양이면, 신장을 시켜 모조리 잡아다가, 천리 바다 만리 바다 쫓어 보내되, 평생을 국내 장내도 못 맡게 하리라아."

고 냅다 풍우를 몰아치듯 추상 같은 호령을 하는 것이다.

이렇게 한 대문을 걸쩍하게 읽고 나서 다시 처음부터

시작을 하고, 그러자 마침 먹곰보네 아낙이 숨이 턱밑까지 차서 허얼헐 판자문 안으로 들어선다.

그의 등뒤에서는 승재가 낡은 왕진가방을 안고 따라 들어오고, 또 그 뒤에는 명님이가 따라섰다.

주인과 승재가 방으로 들어서도, 경쟁이는 모른 체 그냥 앉아 경만 읽는다.

"아가아, 업동아!"

먹곰보네 아낙은 방으로 들어오기가 무섭게 어린것의 얼굴 위에 엎드려 끌어안을 듯이 들여다본다.

어린것한테서는 싸늘하니 아무런 반응도 없다. 눈을 떠본다든지, 입술을 달싹거린다든지, 하다못해 손끝을 바르르 편다든지.

승재는 대번 보고서 짐작은 했지만 아무려나 이왕 온 길이니 청진기를 꺼내서 귀에 걸고 다가앉는데, 먹곰보네는 그제야 놀란 눈을 흡뜨고,

"아이구머니 이것이 죽었나 베!"
하면서 당황히 서둔다.

승재는 어린것의 앙상한 가슴을 헤치고 청진기로 들어보는 것이나 가느다랗게 담 끓는 소리만 들리는 둥 마는 둥, 맥은 아주 그치고 말았다.

승재는 청진기를 떼고 물러앉으면서 이마를 찡그린다.

"아직 살았나 봐요!"

먹곰보네 아낙은 어린것의 가슴에 손을 대보다가 아직 따뜻한 온기가 있으니까, 그것이 되레 안타까워 미칠 듯이 납뛴다.

"……네? 아직 살았나 봐요? 어서 얼른 좀…… 아가 업동아? 업동아? 엄마 왔다. 엄마…… 젖 먹어라. 아이구 이걸 어떡해요! 어서 손 좀 대주세유!"

"소용 없어요, 벌써 숨이 졌는걸!"

승재는 죽은 자식을 놓고 상성할 듯 애달파하는 정상이 불쌍한 깐으로는, 소용이야 물론 없을 것이지만, 당장이나마 원이라도 없으라고 강심제 한 대쯤 주사를 놓아 주고 싶지 않은 것도 아니었으나, 그러나 우선 인정에 못 이겨 그 짓을 했다가는 뒤에 말썽이 시끄럴 것이니 차라리 눈을 지그시 감고 모른 체하느니만 같지 못하다고 생각했다.

처음 한동안 승재는 부르는 대로 불려가서, 아무리 목숨이 경각에 달린 병자라도 가족들이 붙잡고 매달리면 효과야 있건 없건 구급주사를 꾸욱꾹 놓아 주곤 했었다. 그러나 대개가 시기를 놓친 병자들이라 살아나지를 못하고 주사 기운이 없어지면 그만이곤 하는데, 그럴라 치면 개개 주사가 생사람을 잡았다고 승재를 칭원하고 심한 사람들은 승재게로 쫓아와서 부르대기까지 한다.

그러던 끝에 달포 전에는 필경 멱살을 떠들려 경찰서까지 간 일이 있었다.

그때 승재는 유치장에서 하룻밤을 자고, 이튿날 병원 주인인 달식이의 주선으로 놓여 나오기는 했으나, 석방이 아니라 불구속(不拘束) 취조라는 것이었었다.

그 뒤에 일은 아주 무사했으나, 그 일을 겪고 나서부터 승재는 인제 의사면허를 얻기까지는 되도록 절망상태인 듯싶은 병자한테는 가기를 피하고, 혹시 마지못해 불려 가기는 한다더라도, 아예 함부로 손은 대지 않기로 작정을 했었다.

그러던 터인데, 오늘도 병원에서 일곱시나 되어 돌아오니까, 명님이가 먹곰보네 아낙과 같이 와서 기다리고 있었다. 명님이는 집을 가리켜 주느라고 같이 왔던 것이다.

승재는 먹곰보네 아낙한테 아이가 백일해 끝에 한 사날 전부터 딴 증세가 생겨 가지고 몹시 보채더니, 인제는 마디숨93)을 쉬고 담이 끓는다는 말을 듣고 벌써 일이 그른 줄 짐작했었다. 그래서 따라오지 않을 것이지만,

울상으로 사정사정하는 바람에 무어라고 꾀를 쓰지 못하고 와보기는 와보았던 것이다.

와서 보니 경을 읽고 있는 꼴이 우선 비위가 상하는데, 아이는 벌써 죽었고, 해서 만일 경을 읽힐 정성으로 이틀만 미리 닦아 서둘렀어도 이 가엾은 생명을 구할 수가 있었을 것을 생각하면, 자식을 죽이고 애처로워하는 어머니가 불쌍하기보다도 밉살머리스러워서 못 했다.

"그래두 저 거시키……."

먹곰보네 아낙은 또다시 어린것의 시체에다가 손을 대보고 부르고 하다가 승재한테 애걸을 한다.

"……주사라더냐 하는, 침을 노면 살아난다는데유?"

"인전 소용 없어요!"

"그래두 남들은 그렇게 해서 죽은 것을 살렸다구 그러든데유? 제발 좀 살려 주세요!…… 이걸 죽이다니, 아이구머니 이것을 죽이다니!…… 네? 제발 좀……."

"소용 없대두 그래요!"

승재는 듣는 사람이 깜짝 놀랄 만큼 볼먹은 소리로 지천을 한다.

---

93) 마디지게 몰아쉬는 숨.

"……왜 진작 나한테루 오든지 하질랑 않구서, 이게 무어람? 자식을 생으로 죽여 놓구는…… 인전 편작이라두 못 살려 놓아요!"

숭재는 골이 나는 대로 해 부딪고, 왕진가방을 집어 들고 마루로 나선다.

먹곰보네 아낙은 어린것의 시체를 얼싸안고, 울음 섞어 넋두리를 시작한다.

경쟁이는 하늘이 무너져도 꿈쩍 안 할 듯 여전히 초연하게 앉아 경만 읽는다.

"그년의 경인지 기급인지 고만둬요!"

먹곰보네 아낙이 눈이 뒤집혀 가지고 악을 악을 쓴다.

"네?"

경쟁이는 선뜻 경 읽던 것을 멈추고 고개를 돌린다. 그렇게 선뜻 알아듣는 것을 보면, 옆에서 벼락을 쳐도 모른 체 열심으로 경을 읽던 것은 실상은 건성이요, 속은 말짱했던 모양이다.

"……그만두라면 그만두지요!"

꿍 하고 북채를 놓더니 혼자서 무어라고 두런두런, 돈을 비롯하여 소반에 차려 놓았던 것을 견대에다 주워담는다.

"……죽는 것두 다아 제 명이지요! 인력으루 하나요. 끙!"

"오라지는 건 어떻구?…… 왜 제 명대루 죽을 것을, 경을 읽으면 꼭 낫는다구는 했어?"

먹곰보네 아낙의 악쓰는 소리를 등뒤로 들으면서 승재는 침울하게 그 집 문간을 나섰다.

승재는 효험이야 있거나 말거나 간에, 또 뒷일이야 아무렇든 간에, 자식을 잃고 애통하는 어머니를 위로하는 뜻으로, 소원하는 주사라도 한 대나마 놓아 주는 시늉을 하지는 않고서 되레 타박을 한 것이 후회가 났다.

이 사람들도 자식을 위해 애쓰는 정성은 매일반이다. 결과야 물론 자식을 죽이고 살리고 하는 것을 좌우하게 되지마는, 그야 무지한 탓이지 범연해서 그런 것은 아니다.

그러고 보니 가난과 한가지로 무지도 그 사람들을 불행하게 하는 큰 원인이요, 그래서 그 사람들에게는 양식과 동시에 지식도 적절히 필요하다.

승재는 생각을 하면서 절절히 그것을 여겨 고개를 끄덕거린다.

네 살에 고아가 되어, 생판 남과도 진배없는 친척에게

거둠을 받아 자라났으니, 역경이라면 크게 역경일 것이다. 그러나 역경은 역경이면서도, 승재의 지나오던 자취에는 일변 단순함이 없지 않았었다.

그는 세상이라는 것을 별반 볼 기회가 없었다. 인간 감정의 복잡한 갈등이나 생활과의 심각한 단판씨름 같은 것을 스스로 경난은 물론 구경할 기회조차 없었다.

그는 다만 병원에 앉아 검온기(檢溫器)를 통해서, 맥박(脈搏)의 수효나 청진기(聽診器)를 통해서, 뢴트겐(X光線)이나 타진(打診)을 통해서, 주사기를 들고, 처방전을 들고, 카르테94)를 들고…… 이렇게 다만 병든 인생만을 대해 왔었다.

그래서 병이라는 것이 인생의 큰 불행임을 알았다. 단지 그것뿐이었었다. 그러므로 그의 인생이라는 것은 서로 아무런 상관이 없이 하나하나 떨어진, 그리고 생리적인 인생을 의미한 것이었었다.

그러다가 그가 군산으로 와서 있으면서 비로소 조금 분간 있이 인생을 보게 되었다.

서울의 옛주인에게 있을 때에는 치료비 없이 왔다가

---

94) (독일어) Karte. 진찰 기록부.

도로 쫓겨가는 병자들을 그리 보지 못했었다. 그러나 이 군산의 금호의원으로 와서는 그러한 정상을 가끔 보았다.

승재는 울기까지 한 적이 있었다. 병이 큰 고통인데, 그것을 치료하지도 못하는 사람들의 불행…… 인간 세상의 한구석에는 이러한 불행이 있다는 것에 그는 통분했던 것이다.

그러던 끝에 하루는, 설하선염(舌下腺炎)[95]으로 턱과 얼굴이 팅팅 부은 소녀 하나가, 부친인 성싶은 중년의 노동자와 같이 병원의 수부[96]에 와서 치료비가 얼마나 들겠냐고 물어 보더니, 십 원이 넘겨 먹겠단 소리에 다시 두말도 없이 실심하고 돌아서는 것을 승재는 보았다. 그들이 지금의 명님이와 그의 부친 양서방이었었다.

승재는 그들이 다른 돈 없이 온 병자들처럼, 돈이 없으니 그냥 치료를 해달라거니 이 다음에 벌어서 갚겠거니 이렇게 조르고 사정을 하고 하지도 못하고, 겨우 얼마나 들겠느냐고 물어만 보고서 큰돈 십 원이 넘겠다고 하니까, 낙심이 되어 추럿이 돌아가는 양이 어떻게나 가엾던지 그대로 보고 있을 수가 없었다. 그는 병원 문 밖으로

---

95) sublinguitis. 혀밑샘염.
96) 受付. 접수의 잘못.

그들을 따라 나와서 집이 어디냐고, 번지와 골목을 잘 알아 두었다.

저녁때, 승재는 우선 병원에 있는 기구 중에서 간단한 수술기구와 약품 같은 것을 빌려 가지고 명님이네를 찾아가서 수술을 해주었다.

그는 마침 병원에서의 거처를 그만두고, 방을 얻어 따로 있기 시작한 때였기 때문에 밤저녁의 행동은 자유로웠다. 그래서 그는 계제에 결심을 하고, 왕진기구 일습과 약품을 장만해 가지고 본격적으로 야간개업(夜間開業)을 시작했던 것이다. 물론 치료비나 약값은 받지를 않고, 가난한 제 낭탁을 기울여 가면서……

이 노릇을 승재는 스스로 조그마한 사업으로 여겨 거기서 기쁨과 만족을 느끼되, 무심했지 달리 그것을 평가를 하거나 자성(自省)함이 없었다.

하다가 오늘 마침 먹곰보네 집에를 불려와, 그렇듯 경이나 읽히면서 자식을 갖다가 생으로 죽이고 마는 미련스런 인간들을 보자니 그만 보도록새 짜증이 나서, 전에 없이 골딱지를 냈던 것인데……

그러나 그것도 무슨 정성이 미흡한 탓이 아니요 무지한 소치라면야 그만이겠지만, 그러니 그들이 그렇듯 무지한 이상 시료병원(施療病院)이 거리마다 늘비하다고 하더라도 별수가 없겠거니 싶고, 그 무지라는 것을 생각하면 어느결에 승재 제 자신이 길을 걸어가다가 어떤 거대한 장벽에 가서 딱 닥뜨린 것같이 가슴이 답답하고 어찌할 줄을 모를 것 같았다.

그 끝에 가면, 시방 제가 여태까지 재미를 붙여 해오던 이 노릇이, 그만 신명이 뚝 떨어지고 흥이 하나도 나지를 않는 것이었었다.

승재가 다뿍 풀이 죽어서 문간으로 나가는데 명님이는 벌써 문 밖에서 기다리고 있다.

"여기 있었니?"

승재는 마음이 산란한 중에도 명님이가 귀엽고 반갑던 것이다.

"……둘러봐두 없길래 어디루 갔나? 했지…… 어머니랑 아버지랑 다아 안 계시드구나?"

"네에……."

명님이는 배시시 웃으면서 손을 내민다.

"……인 주세요, 제가 들어다 디리께."

명님이는 지금 저한테 끔찍이 고맙고, 또 노상 살뜰하

게 귀애해 주는 이 '남서방어른'이 저희 집에를 온 것이 언제나 마찬가지로 좋았고, 게다가 가방을 들어다 주기는 더욱 좋았던 것이다. 승재는 괜찮다고 물리치다가, 명님이의 그러한 마음성을 아는 터라 이내 가방을 제 손에다가 들려 준다.

"그럼 요기, 요 아래까지만……?"

"네에."

명님이는 좋아라고 가방을 들고 앞을 서서, 깔끄막진 언덕길을 내려간다.

"아버진 일 나가셨니?"

"네에."

"어머닌?"

"빨래해 주려 가시구요."

"그럼 요샌 밥 잘 해먹겠구나?"

"네에…… 아침에는 밥 해먹구, 저녁에는 죽 쑤어 먹구 그래요."

"으응, 그나마라두…… 그렇지만 즘심은?"

"안 먹어요. 그래두 먹구 싶잖어요."

눈치가 빨라서 승재가 그 다음에 물을 말까지 지레 대답을 하던 것이다.

"먹구 싶잖을 리가 있나! 배고프지?…… 요새 해가 퍽 긴데……."

"그래두 배는 안 고파요."

"명님이 좋아하는 청국만두 사주까? 시켜 보내 주까?"

"아이, 싫여요! 괜찮아요!"

명님이는 깜짝 반색을 하면서 가던 길을 멈추고 돌아선다.

승재는 전엣일이 문득 생각나서 중국만두라고 했던 것이다. 승재가 처음 명님이네 집을 찾아가서 수술을 해주고, 그 뒤에도 매일 다니면서 심을 갈아 주곤 했는데, 거진 다 나아갈 때쯤 된 어느 날인가는 중국만두가 먹고 싶다고 저의 부모를 조르다가 지천을 듣는 것을 마침 보았었다. 어린애요 살앓이를 하던 끝이라, 입이 궁금해서 무엇이고 두루 먹고 싶을 무렵이었었다.

승재는 잠자코 있다가 나와 중국 우동집에 부탁해서 만두를 세 그릇 시켜 보내 주었다. 했더니, 그 이튿날 또 갔을 때, 명님이네 부모의 치하도 치하려니와 명님이가 좋아하는 양은 절로 미소가 나오게 했었다.

명님이는 제 병이 아주 나은 뒤에는 가끔가끔 승재를 찾아와서 무엇 내의고, 양말자박이고, 벗어 놓은 것이 없으면 조르다시피 뺏어다가는 저의 모녀가 잘 빨아서 꿰맬 데 꿰매고, 기울 데 기워서 차곡차곡 챙겨다 주곤 했다. 이것이 명님이네 식구가 승재를 위하여 애써 줄 수 있는 다만 한 가지 정성이던 것이다.

그러한 근경인 줄 아는 승재는 차차 그것을 기쁘게 받고, 그 대신 간혹 명님이네 집에를 들렀다가 끼니를 끓이지 못하고 있는 눈치가 보이면 다만 양식 한 되 두 되 값이라도 내놓고 오기를 재미삼아서 했다. 승재가 끊어다 주는 노란 저고리나 새파란 치마도 명님이는 더러 입었다.

승재는 명님이가 명님이답게 귀여우니까 귀애하기도 하는 것이지만, 명님이는 일변 승재의 기쁨이기도 했다.

그것은 승재의 그 '조그마한 사업'의 맨 처음의 환자가 명님이었던 때문이다. 승재는 병원에서 많은 사람을 치료해 주었고, 그 중에는 생사가 아득한 중병환자를 잘 서둘러 살려 내기도 한두 번이 아니었었다. 그러나 그다지 중병도 아니요 수술하기도 수나로운 명님이의 설하선염을 수술해 주던 때, 그리고 그것이 잘 나았을 때, 그때의 기쁨이란 도저히 다른 환자의 치료에서는 맛볼 수 없이 큰 것이었었다.

그렇듯 명님이는 승재의 기쁨이기는 하지만, 한편 또 명님이로 해서 슬픔도 없지 않았다.

명님이네 부모가 명님이를 기생집의 수양녀로 주려고 하는 것을 알고 나서부터다.

승재는 명님이가 장차에 매녀(賣女)의 몸이 될 일을 생각하면, 마치 친누이동생이나가 그러한 구렁으로 굴러 들어가는 것같이 슬프고 안타까워했다. 그래서 승재는 명님이를 만나면 그 일을 안 뒤로는, 겉으로 반가움이 솟아나서 웃는 한편, 속에서는 그 반가움 못지않게 슬픔이 서리곤 했다.

이러한 갈피로 해서 명님이는 일변 승재로 하여금 은연중에, 그가 인생을 살피는 한 개의 실증(實證)이요 세상을 들여다보는 거울이기도 했다. 그것은 그새까지도 그러했거니와, 이 앞으로도 그러할 형편이었었다.

승재는 앞서서 비탈길을 내려가는 명님이의 뒤태를 눈여겨보면서 무심코 한숨을 내쉰다.

"벌써 열세 살!……"

그의 등뒤에서는 유난히 긴 머리채가 치렁거려 제법 계집애 꼴이 박혀 보인다.

승재는 이 애가 이렇게 매초롬하니 장성하는 것이 새

삼스럽게 불안스러 견딜 수가 없었다.

"명님아?"

부르는 소리에 명님이는 대답 대신 해뜩 돌려다본다.

"요새두 어머니 아버지가 저어, 거시기 음! 그 집으루 가라구 그리시든?"

승재는 좀 거북해하면서 떠듬떠듬 물어 본다. '그 집'이 란 팔려 갈 기생집 말이다.

"네에…… 그래두……."

명님이는 고개를 숙이고 조그맣게 대답을 한다.

"흐웅…… 그래서?"

"지가 싫다구 그랬지요, 머."

"흐웅…… 그러니깐 무어래시지?"

"그럼 죄꼼 더 크거던 가라구 그래요."

"그럼 명님인 어머니 젖 먹구퍼서 싫다구 그랬나?"

"아녜요! 아이 참……."

명님이는 승재가 혹시 농담으로 그러는 줄 알고서,

"……놀리실려구 그리시느만, 머."

"아냐, 놀리는 게 아니구……."

"그렇지만 머, 어머니 보구퍼서 남의 집에 어떻게 가서 있나요?"

"그럼 더 자라면 어머니 보구 싶잖은가?"

"그렇다구 그러든데요? 어머니두 그리시구, 아버지두 그리시구…… 그러니깐 인제 죄꼼 더 자라거던 가라구."

"흐응, 더 자라거던!"

승재는 먼눈을 팔면서 혼자 말하듯이 중얼거린다.

승재는 속으로 촌사람들이 돼지새끼나 송아지를 팔래도 너무 어리고 젖이 떨어지지 않아서 어미를 찾고 소리를 지르니까, 아직 좀더 자라게 두어 두고 기다리는 것 같은 그러한 정상을 명님이네 집에다 빗대 보던 것이다.

돼지새끼나, 혹은 송아지나 그놈이 조금만 더 자라 제풀로 뛰어다니면서 밥도 먹고, 꼴도 먹고, 그래 젖이 떨어지면 장에 내다가 팔려니 하고 기다리는 촌사람이나, 일변 딸자식이 철이 좀더 들어서 부모도 그려 않고, 그 동안에 가슴도 좀더 볼록해지고, 키도 좀더 자라고 하면 기생집에다가 수양딸로 팔아먹으려니 하고, 매일같이 고대고대 기다리고 있는 명님이네 부모나 별반 다를 게 없을 것 같았다.

승재는 이마를 찡그리면서 무심결에 캐액 하고 침을 뱉는다.

그러나 이어, 그들 양순하디 양순한 명님이네 부모의

얼굴을 생각하면, 고약스럽다는 반감보다도 불쌍한 마음이 앞을 섰다.

승재는 명님을 돌려보내고, 콩나물고개로 해서 초봉이네 집으로 돌아왔다.

안방에서들은 마침 저녁을 먹는지 대그락거리는 수저 소리가 들리고, 승재 방에는 자리끼 숭늉이 문턱 안에 들여놓여 있었다.

이 한 그릇 자리끼 숭늉은, 계봉이가 하던 말마따나 소중한 생명수이었었다.

승재는 갈증도 나지 않았지만, 물그릇을 집어 들고 후루루 들이마신다. 물은, 물을 마셨다느니보다 초봉이로 연하여 가득 넘치는 행복을 들이마시는 것 같았다.

이튿날 아침.

진작부터 일어나 책상 앞에 앉아서 『성층권(成層圈)의 연구(研究)』라고 하는 신간을 읽고 있던 승재는 사발시계가 저그럭저그럭 가다가 일곱시 반이 되자, 읽던 책을 그대로 펴놓은 채 푸시시 일어선다. 일곱시 반은 병원에 출근하는 시간이다. 인제 가서 소쇄를 하고 조반을 먹고 나면 여덟시 반, 여덟시 반부터는 진찰실에 나가 앉아야 한다.

승재는 버릇대로 낡은 소프트를 내려 쓰고 툇마루로 나앉아서 구두를 신노라니까, 문 밖에선지 왁자하니 사람 떠드는 소리가 들렸다.

그러거나 말거나 승재는 무심히 구두를 신고 마당 한 가운데로 걸어나가는데, 그러자 별안간 지쳐 둔 일각문을 와락 열어 젖히면서 '먹곰보'가 문간 안으로 쑥 들어서는 것이다.

승재는 대번, 이건 또 말썽이 생겼구나 생각하면서 주춤하니 멈춰선다. 그는 명님이네 집을 자주 다니기 때문에 먹곰보의 얼굴을 익히 알던 것이다.

술속 사납고, 싸움 잘하기로 호가 난 줄도 잘 알고…….

먹곰보의 뒤에는 그의 아낙이 따랐고, 먹곰보가 떠드는 바람에 지나가던 사람도 두엇이나 일각문으로 끼웃이 들여다본다.

"이놈, 너 잘 만났다!"

먹곰보는 승재를 보자마자, 황소 영각하듯 외치면서, 눈을 부라리면서, 쏜살같이 달려들면서 승재의 멱살을 당시랗게 훑으려 잡는다.

세모지게 부릅뜬 눈하며, 본시 검은데다가 술기와 흥분으로 검붉어, 썩은 생선빛으로 질린 곰보 얼굴을 휘젓고 들이미는 양은 우선 흉하기 다시 없었다.

놀란 것은 승재요, 그는 설마 이렇게야 함부로 다그칠 줄은 몰랐기 때문에 어마지두 쩔매는데, 그러자 먹곰보는 멱살을 움켜쥐기가 무섭게,

"이놈!"

소리와 얼러, 철썩 뺨을 한 대 올려 붙인다.

승재는 아프기보다도 정신이 얼떨떨해서 더욱 당황해한다.

"아이구머니! 저를 어쩌애!"

계봉이가 마침 학교에 가느라고 책보97)를 안고 대뜰로 내려서다가 그만 질겁하게 놀라, 동당거리고 외친다. 안방에서 식구들이 우 하고 몰려나온다.

"그래 이놈!"

상관 않고 땅땅 어르면서 먹곰보는 수죄(數罪)98)를 하는 것이다.

"……네가 이놈, 침대롱깨나 가지면 김생원 박생원 한다더라구, 그래 네가, 의술깨나 한다는 놈이, 남의 어린 자식이 방금 죽는다는 것을 보구서두 약 한 봉지를 써주

---

97) 책을 싸는 보자기. 책가방, 책보자기.
98) 여러 가지의 범죄, 범죄 행위를 들추어 세어 냄.

지를 앓구 침 한 대 놓아 달라구 애걸복걸을 해두 그냥 말었다니…… 그래서 필경 내 자식을 죽여 놓아?…… 이놈!"

이를 부드득 갈면서 승재의 맷집 좋은 따귀를 재차 본새 있게 올려 붙인다.

승재는 하도 어이가 없어 말도 못 하고 뼈언하니 마주 보기만 한다.

먹곰보네 아낙이 슬금슬금 들어와서, 사내의 팔을 잡고, 좋은 말로 하지 왜 이러느냐고 말리는 시늉을 한다. 그러기는 해도, 승재가 얻어맞는 것이 고소한 눈치다.

뒤늦게 정주사가 신발을 끌고 허둥지둥,

"원 이게, 웬 행패란 말인고!…… 너 이 손! 이걸 놓지 못할 텐가!"

내려오면서 호령호령한다.

먹곰보는 힐끔 돌려다보더니 꾀죄한 정주사의 풍신이 눈에도 차지 않는다는 듯이 아래로 한번 마슬러 보다가,

"이건 왜 나서서 이 모양이야! 꼴같잖게!"

유씨와 초봉이는 벌벌 떨고만 섰고, 계봉이는 휘휘 둘러보다가 부엌으로 뛰어들어간다.

"……이놈, 경찰서루 가자. 너 같은 놈은 단단히 법을

좀 가르쳐야 한다."

먹곰보는 을러 대면서 멱살을 잡은 채로 잡아 낚아챈다. 바로 그때다, 퍽 소리와 같이 장작개비가 먹곰보의 옆구리를 옹글게 후려갈긴다. 계봉이의 짓이었었다.

계봉이는 이를 악물고 억척으로, 이번에는 팔뚝을 후려갈기려는 참인데, 아 저런 년 보았느냐고 정주사가 나무라면서 떠밀어 버린다.

지나가던 사람이 여럿 문간으로 끼웃거리다가 몇은 슬금슬금 마당으로 들어서서 구경을 한다.

정주사는 달려들지는 못하고 돌아가면서 연신 호통만 하고 있고, 계봉이는 분에 못 이겨 새액색 어쩔 줄을 몰라한다.

"헤에, 참 내!"

승재는 뒤를 돌려다보면서 누구한테라 없이 바보처럼 한번 웃더니, 그러다가 어찌 무슨 생각으로, 먹곰보가 멱살을 잡고 버팅긴 팔목을 슬며시 훑으려 쥐고 불끈 잡아 비튼다.

먹곰보는 하잘것없이 주먹을 편다. 다 같은 장정이라도 승재가 완력이 솟고, 한데다가 먹곰보는 술이 취해 놔서 그다지 용을 쓰지 못하던 것이다.

승재는 부챗살같이 손가락을 쫙 편 먹곰보의 비틀린 팔목과 얼굴을 한참이나 번갈아 들여다보다가, 그의 아낙한테로 밀어 젖힌다.

"……데리구 가요!…… 내가 죽였수? 당신네가 죽였지."

먹곰보는 나가동그라질 뻔하다가 겨우 버팅기고 선다.

"오냐, 이놈 보자, 적반하장(賊反荷杖)두 유분수가 있지, 이놈 네가 되레 사람을 치구……."

먹곰보가 끄은히 왜장을 치면서 비틀거리고 도로 덤벼드는 것을 그의 아낙이 뒤에서 허리를 그러안고 늘어진다. 그러자 마침 양서방이 명님이를 뒤세우고 헐러덕벌러덕 달려든다.

"이 사람이 환장을 했나? 이건 어디라구……."

양서방은 들어단짝 지천을 하면서, 먹곰보를 사정없이 떠밀어 박지른다.

"아, 성님!"

"성님이구 지랄이구 저리 물러나! 당장, 괜시리……."

양서방은 먹곰보를 한번 떠밀어 내던지고, 승재 앞으로 가까이 와서, 술 먹은 개라니, 저 녀석이 시방 자식을 죽이고 환장을 해서 그러는 거니, 참고 탄하지 말라고, 제 일같이 사정을 한다. 승재가 멱살잡이에 따귀까지 두

대 얻어맞은 줄은 모르고서 하는 소리다.

승재는 별말 안 하고, 어서 데리고 가라고 흔연히 대답을 한다.

먹곰보는 더 덤비려고는 안 하고, 몸을 휘청거리면서 승재더러 욕만 거판지게,

"이놈아, 네가 명색 의술을 한다는 놈이 그래 이놈, 내 자식이 죽은 것을 보고두 모른 체해야 옳아? 그리구서 왜, 진작 뵈잖었느냐구 내 여편네게 호령을 해? 이놈 당장 목을 쓸어 죽일 놈, 이놈. 이노옴! 내 자식 내놔라. 이놈."

"업동 아버진 괜히 생떼를 써요……."

명님이가 진작부터 나설 듯 나설 듯하다가 그제야 얼굴이 새빨개 가지고 여러 사람더러 들으라는 듯이 먹곰보를 몰아세운다.

"……다아 죽어서 아주 숨도 안 쉬구 그랬어요. 그런 걸 주사를 놓는다구 죽은 애기가 살아나나요?…… 괜히, 죽은 송장한테 주사를 났다가 정말 죽였다구 애맨 소리 듣게요?…… 생으로 어거지[99]를 쓰믄, 본 사람두

---

99) '억지'의 잘못.

없나, 머⋯⋯."

정주사는 대개 그러한 곡절이려니 짐작도 했지만, 명님이가 앙알앙알 앙알거리는 말을 듣고 나서는 쾌히 속은 알았다. 속을 알고 보니 먹곰보가 더욱이 괘씸했다.

그러나 그보다 더 괘씸하기는, 아까 자기를 보고 근육질을 하던 것이다. 과연 생각한즉 분하기도 하고, 계제에 먹곰보가 인제는 한풀 죽었는지라 기운이 불끈 솟았다.

"거 고현 손이로군!"

정주사는 노랑수염을 거슬려 가면서 눈을 깜작깜작, 음성은 위엄을 갖추어 준절히 꾸짖기 시작했다.

"⋯⋯그게, 그 사람이 돈을 받고 하는 노릇도 아니요, 다아 동정심으로 그리는 것인데, 그러니 가서 보아 준 것만이라두 감사할 것이지, 그래 오죽 잘 알아보구서 손두 대지 않았으리라구!⋯⋯ 네끼 고현 손 같으니라구! ⋯⋯ 아무리 무지막지한 모산지배기루서니 어디 그럴 법이 있나!"

호령이 엄엄한 푼수로는 당장 무슨 거조가 날 것 같으나, 오직 발을 구를 따름이다.

승재와 양서방은 한편으로 비껴 서서, 승재는 어제 겪은 일을, 양서방은 먹곰보가 아이를 나서는 잃고, 나서는 잃고 하다가 사십이 넘어 마지막같이 또 하나를 낳아 가지고 금이야 옥이야 하던 참인데 그렇게 죽이고 보니 눈이 뒤집히는데, 간밤에 그의 아낙이 말을 잘못 쏘삭여서 그래 더구나 환장지경이 된 것이라고, 서로 이야기를 하고 있다.

먹곰보는 인제는 기운을 차리지도 못하고, 땅바닥에 퍼근히 주저앉아서 무어라고 게걸거리기만 한다.

정주사는, 승재가 그 동안 역시 이러한 일로 여러 번 봉변을 했고, 급기야 한 번은 경찰서에 붙잡혀가기까지 했었으나, 다 옳은 일을 한 노릇이기 때문에 무사히 놓여나왔다고 구경꾼들더러 들으라는 듯이 일장 설명을 한다.

그러고는 다시 한바탕 먹곰보를 꾸짖어 가로되,

"너 이 손, 그 사람이 맘이 끔찍히 양순했기 망정이지, 만일 조금만 무엇한 사람이면, 자네가 당장 죽을 거조를 당했을 테야!…… 내라두 한 나이나 더얼 먹었으면, 자네를 잡어 엎어 놓고 물볼기를 삼십 도는 치구래야 말았지, 다시는 그런 버릇을 못 하게…… 어디 그럴 법이 있나! 고현 손이지…… 이 손! 그래두 냉큼 물러가지를 못해?!"

마지막 정주사는 푸달진 노랑수염을 잔뜩 거슬리면서 소리를 꽥 지른다.

그러나 호령은 역시 큰 효험이 없고, 먹곰보네 아낙과 양서방이 양편에서 부축하다시피, 겨우 일각대문 밖으로 '고현 손'을 끌고 나간다.

초봉이는 비로소 안심을 하고 절로 가슴을 만진다.

계봉이는 부친의 말마따나 그 '고현 손'을 잡아 놓고 물볼기를 때리든지 하는 게 아니라, 그대로 좋게 돌려보낸다고 그만 암상100)이 나서,

"저 녀석을! 저 녀석을 거저……."

사뭇 안달을 하더니 휘휘 둘러보다가 장작개비를 도로 둘러메고 나선다.

"이년!"

정주사는 장작개비를 뺏어 부엌으로 들이뜨리면서,

"……계집애년이 배운 데 없이, 거 무슨 상스러운 짓인고!"

"그래두 그 녀석을!…… 그 녀석이 우리 남서방을, 마구……."

계봉이는 분을 못 참아 쫑알거리면서 발을 동동 구르다가, 금시로 굵다란 눈물이 방울방울 떨어진다. 그러자

---

100) 남을 시기하고 샘을 잘 내는 마음. 또는 그런 행동.

마침 승재가 땅바닥에 떨어진 모자를 집어 털고 섰는 것을, 별안간 우루루 그 앞으로 쫓아가더니, 두 주먹을 발끈 쥐고 승재의 가슴패기를 마치 다듬이질을 하듯이 둥당둥당 두들기면서, 지천에 새살에,

"바보! 남서방 바보야. 그깐 녀석한테 따구를 두 번씩이나 얻어맞구서두 왜 잠자쿠 있어?…… 왜 그래? 왜 그래?…… 이잉, 난 몰라! 남서방 미워."

그래도 시원찮은지 물러서서 쌀쌀 몸부림을 친다.

정주사와 유씨는 서로 치어다보고 피쓱 웃어 버린다. 초봉이는 가슴속이 뿌듯하고, 하다못해 눈물이 솟아 고개를 숙인다.

승재도 감격했다. 그는 계봉이의 하는 양이 꼬옥 친누이동생의 응석같이 재롱스러워서 등이라도 다독다독 해주고 싶었다.

"괜찮아요! 좀 맞으믄 어떤가? 나 아프잖어. 어여 학교 가요, 응?"

"누가 아파서 말인가! 머……."

계봉이는 주먹으로 눈물을 씻으면서 타박을 준다.

7. 천냥만냥

"내가 네깐놈의 데를 다시는 발걸음인들 하나 보아라."

정주사가 제 무렴에 삐쳐, 미두장께로 대고 눈을 흘기면서 이런 배찬 소리를 한 것도 실상은 그 당장뿐이요, 바로 그 이튿날도 갔었고, 그 뒤에도 매일 가서 하바도 하고, 어칠비칠하기도 했고, 그리고 오늘도 역시 미두장에서 돌아오는 길에 시방 탑삭부리 한참봉네 싸전가게에 들른 참이다.

탑삭부리 한참봉네 싸전가게야 쌀 외상을 달라고 혀 짧은 소리나 하려면 몰라도, 묵은 셈을 졸릴까 무서워 길을 돌아서까지 다니지만 오늘은 우정 마음먹고 들렀던 것이다.

초봉이는 내일 모레면 서울로 간다고 모녀가 들어서 옷을 새로 하네, 어쩌네 들이 서둘고 있다. 그거야 가장이요 부친 된 사람의 위엄으로 가지 못하게 막자면야 못 할 것은 없다(……고 정주사는 생각한다). 그러나 그러고저러고 하느니보다 혼처나 어디 좋은 자리가 선뜻 나서서 말이 오락가락하면, 그것을 핑계삼아 서울도 가지 못하게 하려니와 무엇보다도 어서어서 혼인을 했으면 일이 두루 십상일 판이라, 요전에 탑삭부리 한참봉네 아낙이 그다지도 발을 벗고 중매를 서겠다고 서둘렀으니, 무슨 기미가 있어도 있겠지 싶어, 어디 오늘은 눈치나 좀 보아야지 이렇게 염량을 하고 쓱 들러 보았던 것인데, 아니나다를까……

김씨는 마침 가게에 나와서 있다가 반겨하면서, 낮에 전위해 정주사네 집에까지 가서 유씨만 만나 우선 대강 이야기는 했다고, 그래도 미흡한 것 같아 이렇게 정주사가 지나가기를 지키고 있었노라고 선뜻 혼담을 내놓던 것이다.

정주사는 처음 ××은행 군산지점의 고태수라는 말을 듣고, 며칠 전 미두장 앞에서 봉변을 할 때에 그 사람이 내달아 말려 주던 일이 생각나서 혼자 얼굴이 붉으려고 했다. 그러나 한편, 사람의 인연이라는 것이 이러한 것이로구나 하는 신기한 생각도 없지 않았다.

"글쎄 그이가요!"

김씨가 연달아 참새같이 재잘거리기 시작한다.

"……근 일년짝이나 우리집에서 기식을 허구 있지만, 두구 본다 치면 볼수록 얌전하겠지요! 요새 젊은이허군 그런 이가 있기두 쉽지 않을 거예요!"

"네에, 내가 보기에두 과히 사람이 상스럽지는 않을 것 같드군요."

정주사는 태수의 차악 눈에 안기는 모습을 다시 한번 머릿속에 그려 보면서 미상불 그럴듯하다고 했다.

"그이 말두 그래요…… 정아무개 씨라구 그리니깐, 아 그러냐구, 그 어른 같으면 인사는 못 이줬어두 가끔 뵈어서 안면은 익혀 안다구……."

"그러나저러나 거, 근지(根地)101)가 어떤지?"

"원이 서울이래요. 과부댁 외아들인데, 양반이구. 그래서 지끔두 자기네 본댁에서는 솟을대문을 달구, 안팎으루 종을 부리믄서 이 애 여봐라 허구 그런대나요, 재산두 벼 천이나 허구…… 그래서 그이가 월급 받는 건 담뱃값이나 허지, 다달이 자기네 본댁에서 돈을 타다 쓰군 해요. 그건 나도 가끔 각지편지[爲替書留]가 오는 걸 보니깐요, 그리구 은행에 다니는 것두, 인제 크게 무얼 시작할 양으루 일 배울 겸 소일삼아서 그러는 거래요…… 이런 이야기야 그이가 어디 자기 입으루 하나요? 그이 친구헌테 들엄들엄 들은 소문이지."

---

101) 사물의 본바탕. 자라온 환경가 경력을 아울러 이르는 말.

"나이는 몇이라지요? 스물육칠 세 되었지?"

"스물여섯…… 그러니깐 갑진 을사, 을사생(乙巳生)이지요. 재작년 봄에 경성서 전문대학교를 졸업허구, 그 은행에 들어갔다가 작년에 일러루 전근이 돼서 내려왔대요."

"네에!"

정주사는 잠깐 딴생각을 하느라고 건성으로 대답을 했다.

대체 그만큼 기구가 좋은 집안의 자제로 외양도 반반하겠다, 한데 어째 스물여섯이나 먹도록 장가를 가지 아니했나? 혹시 요새 젊은 아이들이 항용 그러듯이 제 집에 구식 본처를 두어 두고, 또는 이혼을 하고 다시 신식 결혼을 하려고 하는 것은 아닌가?

이러한 미심스러운 생각이 들고, 그래서 어떻게 그것을 좀 파고 물어 보았으면 싶었다.

그러나 그는 얼핏 그만두었다. 그는 혹시라도 그것이 사실이기를 저어하여 물어 보기가 겁이 나던 것이다.

'아무런들 그럴 리야 없겠지…… 그렇기야 할라구.'

그는 짐짓 이렇게 씻어 덮어 버렸다. 그래도 마음 한 귀퉁이에서 찜찜해하니까, 그는 다시 마음을 다독거리는 것이다.

'아무리 허물없는 중매에미한테기로니, 그런 말을 까집어 놓고 묻는 법이야 있나?…… 차차 달리 알아볼지언정.'

"원……."

그는 마침내 김씨더러 자기 의견을 대답하되, 고태수라는 사람이 외양이 그만큼 똑똑하고, 또 지금 듣자하니 학식이며 문벌이며 다 상당하니까 그 말을 믿기는 믿겠다, 따라서 나도 가합하다고 생각한다, 그러나…….

"……그러나 아시다시피 내 집 형편이 너무 구차해서 그런 좋은 혼처가 있어두 섬뻑 엄두가 나지를 않습니다 그려! 허허……."

어쩐지 일이 묘하게 척 들어맞는 성싶어, 슬쩍 한번 넘겨짚느라고 해본 소린데, 아니나다를까! 김씨는 기다리고 있던 듯이, 사뭇 속이 후련하게시리…….

"네에 내, 그리잖어두 그 말씀을 지금 하려던 참이에요…… 그건 아무 염려 마세요. 벌써 내가 정주사 댁 형편 이야길 대강 했더니 그러냐구, 그러면 어려운 댁에 괴롬 끼칠 게 없이 자기가 말끔 다아 대서 하겠다구, 그리는군요!…… 그런 걸 보아두 사람이 영리하구 속이 티이구 헌 게 아녜요? 호호."

"허허, 그렇지만 어디 그럴 법이야 있나요! 아닐 말루 내가 몇 끼 밥을 굶구서 혼수를 마련할 값에……."

정주사는 시방 속으로는 희한하고도 굴져서 입 저절로 흐물흐물 못 견딜 지경이다.

"온! 정주사도 별 체면을 다 채리시려 드셔!"

김씨는 반색을 하면서, 그런 걱정은 조금치도 하지 말라고 다시금 설명을 주욱 늘어놓는다.

결혼식은 예배당이나 공회당에 가서 신식으로 할 테니까, 또 혼인잔치도 요릿집에 가서 할 테니까, 집에서는 국수장국 한 그릇 말지 않아도 된다. 그런 뿐 아니라 태수의 말이, 저의 모친은 규수고 결혼식이고 전부 다 네 맘대로 정한 뒤에 성례날이나 기별하면 그날 보러 내려오겠다고 한다고 한다. 부잣집 과부의 외아들인만큼 어려서부터 저 하고 싶은 대로 하게 했고, 그래서 혼인까지도 상관을 않고 제가 하는 대로 내맡겨 둔다는 것이다. 그래서 제 말이, 인제 혼인을 하게 되면 아저씨(탑삭부리 한참봉)와 아주머니(김씨)한테 범백을 미룰 테니 잘 알아서 해달라고 부탁을 해오던 참이다. 그러니 혼인을 하게 되면, 범절은 우리 두 집안이 상의껏 치르게 될 것이다, 한즉 퍽 순편할 모양이다.

"그리구……."

김씨는 이야기하던 음성을 일단 낮추어, 더욱 의논성 있게 소곤거리는 것이다.

"……이것은 내가 지금 말씀을 않더래두 차차 아시겠지만, 기왕이니 들어나 두세요. 그이가요…… 그 말두 혼수 비용을 자기가 말끔 대서 하겠다는 그 말끝에 한 말인데…… 아 그 댁이 지내시기가 그렇게 어렵다니 참 안됐다구, 더구나 정주사 어른이 별반 생화두 없으시다니 거 그래서 쓰겠나구 걱정을 해요. 하던 끝에, 그러면 자기가 인제 혼인이나 치르구 나서 형편을 보아서 장사나 허시라구 얼마간 밑천을 둘러 디려야 허겠다구 그리겠지요!…… 글쎄 젊은이가 으쩌면 그렇게 맘 쓰는 게 요밀조밀합니까! 온……."

이 말까지 듣고 난 정주사는 혼자 속으로 참고 천연덕스럽게 있기가 어려울 만큼 흐흐흐흐 한바탕 웃어 젖히든지, 춤을 덩실덩실 추든지 하고 싶게 몸이 근지러워났다.

저편 짝에서 한동안 쌀을 파느라고 분주히 서둘던 탑삭부리 한참봉이 가게가 너끔하니까 손바닥을 탁탁 털면서 이편으로 가까이 온다.

"정주사, 그 혼인 꼬옥 허시우. 내가 보기에두 사람은 쓸 만합디다…… 술잔 먹기는 허나 봅디다마는……."

탑삭부리 한참봉은 태수가 장가를 가는 것이, 마치 며느리를 보게 되는 것같이 좋아서 하는 말은 말이나 고정한 치가 돼서 사실대로 털어놓고 권을 하던 것이다

"그이가 무슨 술을 먹는다구 그래요!"

김씨는 기를 쓰고 나서서 남편을 지천을 한다.

"허어! 왜 저러꼬?"

"귀성없는 소릴 하니깐 그리지요!"

"먹는 건 먹는다구 해야 하는 법이야! 또오, 젊은 사람이 술을 좀 먹기루서니 그게 대순가? 정주산 그런 건 가리잖는 분네야, 그렇잖수? 정주사……."

"허허, 뭐……."

"아녜요, 정주사…… 그인 술 별루 먹잖어요. 난 먹는 걸 못 봤어요."

"뭐, 그거야 먹으나 안 먹으나……."

"그래두 안 먹는걸요!"

"난 보니깐 먹던데?"

"언제 먹어요?"

"요전날 밤에두 장재동 골목에서 취한 걸 본걸?"

정주사는 실로(진실로 그렇다) 태수가 술은 백 동아리를 먹어도 괜찮다고 생각하면서, 탑삭부리 한참봉네 싸전가게를 나섰다.

그는 김씨더러 집에 돌아가서 잘 상의도 하고, 또 아무려나 당자인 초봉이 제 의견도 물어 보고, 그런 뒤에 다 가합하다고 하면 곧 기별을 해주마고 대답은 해두었다.

그러나 그런 건 인사삼아 한 말이지 아무래도 상관없었다.

그 당장에서 정혼을 해도 좋았을 것이었었다.

미상불 그는 선 자리에서, 여보 일 잘되었소, 자 그 혼인 합시다. 사주단자에 택일(擇日)까지 아주 합시다. 책력 이리 가져오시오, 이렇게 쾌히 요정을 지어 버리고 싶기까지 했었다.

아무것도 주저하거나 거리낄 것이 없었다. 김씨의 말이, 자기 부인 유씨도 이야기를 다 듣고 나서 가합한 양으로 말을 하더라니까, 그러면 되었고, 당자 되는 초봉이가 혹시 어떨는지 모르지만, 가령 제가 약간 싫은 일이라도 그 애가 부모가 시키는 노릇이라면 다 그대로 좇는 아인즉슨, 또한 성가실 일이 없을 터였었다.

그러나마 사람 변변치 못한 것을 제 배필로 골랐을새

말이지, 고태수 그 사람이 오죽 도저한가! 도리어 과한 편이지.

처음 김씨가 혼담을 내놓았을 때에 정주사의 머릿속에 그려지는 태수의 정체는, 시방처럼 선명한 자격은 보이지 않았고, 매우 막연한 것이었었다.

그렇던 것이 김씨가 이야기를 한 가지씩 한 가지씩 해가는 대로 차차 선명하게 미화(美化)되어 가기 시작했었다.

그것은 마치 캔버스 위에서 화필(畵筆)이 노는 대로 그림의 선과 색채가 한 군데씩 두 군데씩 차차로 뚜렷해지다가, 마침내 훤하게 인물이 나타나는 것과 같았다.

정주사의 머릿속에서 조화를 부리기 시작한 태수의 영상은, 그가 '전문대학'을 졸업했다는 데 이르러서 비로소 선명해졌고, 다시 정주사한테 장사 밑천을 대준다는 데서 완전히 미화되어 버렸었다.

골고루 골고루, 대체 요렇게 마침감으로 똑 떨어진 신랑감이 어디 가서 다른 집 몰래 파묻혔다가 대령하듯이 펼쩍 뛰어나왔는가고 생각하면, 자꾸만 꿈인가 싶어진다.

그는 이 혼인을 하기로 마음에 작정을 하고 나서는 한번 돌이켜, 마치 시관(試官)102)이 주필을 들고 글을 꼲듯이 사윗감인 태수를 꼲는다.

자자에 관주다.

태수의 눈찌가 좀 불량해 보이는 것이랄지, 사람이 반지빠르고 건방져 보이는 것이랄지, 더욱 무엇보다도 마음 찜찜한 구석은 그가 조건 붙은 새장가를 들려고 하는 것이 아닌가 미심다운 것, 이런 것들은 다 모른 체하고 슬슬 넘겨 버린다.

죄다 관주를 주어 놓고서, 정주사는 어떻게 해서 누가 준 관주라는 것은 상관 않고, 사윗감이 관주인 것만을 기뻐한다.

아들놈이 여느때에 공부를 잘 못 하는 줄을 알면서도, 통신부의 성적이 좋으면 기뻐하는 게 부모다. 이거야 선량한 어리석음이구나 하겠지만, 정주사는 그러한 인정이라 하기도 어렵다.

아무튼 그래서 정주사는 시방 크게 만족하여 가지고 콩나물고개를 넘어가고 있다.

그는 바로 며칠 전에 이 콩나물고개를 이렇게 넘어가면서 초봉이의 혼인과 및 그 결과에 대해서 공상을 했었고, 하던 그대로 모든 일이 맞아떨어진 기쁨을 안고서

---

102) 조선시대에 과거 시험에 관계되는 시험관을 통틀어 이르는 말.

오늘은 이 고개를 넘느니라 생각하면, 이놈 콩나물고개란 놈이 신통한 놈이로구나 싶어 새삼스럽게 좌우가 둘러보여지는 것이다.

"자아, 그래서 돈이 생기면……."

느긋하게 궁리를 하면서 정주사는 천천히 집을 향하고 걸어간다.

대체 얼마나 둘러 주려는고? 한 오륙백 원?…… 오륙백 원 가지고야 넘고 처져서 할 게 마땅찮고…… 아마 돈 천 원은 둘러 주겠지. 혹시 몇천 원 척 내놓을지도 모르고.

한데, 무슨 장사를 시작한다?…… 싸전? 포목전? 잡화전?…… 그런 것은 이문이 박해서 할 것이 못 되고…….

가만히 미두를 몇 번 해보아? 그래서 쉽게 한밑천 잡아?

에잉! 그건 못쓰지. 그랬다가 만약 실수나 하고 보면, 체면도 아니려니와 모처럼 잡은 들거린데 방정을 떨어서야…….

그러면 무얼 해야만 하기도 수나롭고 이문도 박하잖고 두루 괜찮을꼬?

초봉이는 가게 일로 아직 돌아오지 않았고, 계봉이와 형주는 건넌방으로 쫓고, 병주는 저녁 숟갈을 놓던 길로 떨어져 자고, 시방 정주사 내외가 단둘이 앉아 초봉이의 혼담 상의에 고부라졌다.

"나두 한참봉네 집에서 두어 번이나 보기는 했수마는……."

유씨는 삯바느질로 하는 생수 깨끼적삼103)을 동정을 달아 가지고 마침 인두를 뽑아 들면서, 문득 이런 말을 비집어 낸다.

"……외양두 다 똑똑허구 허긴 헌데, 어찌 눈찌가 좀 독해 뵙디다아?"

"아냐, 거 그 사람의 눈이 독한 눈이 아니야…… 그러구저러구 간에, 여보! 그렇게까지 흠을 잡아 낼래서야 사웃감을 깎아 맞춰야 하지, 어디……."

정주사는 발을 따악 개키고 몸뚱이를 좌우로 흔들흔들, 양말 벗어던진 발샅을 오비작오비작 후비고 앉아서, 누구와 구누나 하는 듯이 연신 눈을 깜작깜작, 자못 유유한 태도다.

---

103) 안팎 솔기를 발이 얇고 성긴 깁을 써서 곱솔로 박아 지은 적삼.

"글쎄, 나두 그것이 무슨 대단한 흠이라는 것이 아니라, 그렇단 말이지요, 머…… 아무튼지 사람은 그만하면 괜찮겠습디다."

"괜찮구말구! 그만하면…… 그런데 거, 그 사람이 술을 좀 먹는 모양이지?"

이번에는 정주사가 탈을 잡는 체한다. 한즉은 유씨가 이번에는 차례 돌림이나 하듯이 부리나케 그것을 발명하기를,

"당신두 원 별소리를 다아 하시우!…… 시체 젊은 애들 치구 술잔 안 먹는 사람이 백에 하나나 있답디까? 젊은 기운이구 허니 술 좀 먹는 것두 괜찮아요! 많이 먹어야 낭패지."

"것두 미상불 그렇기는 그래!…… 사내자식이 너무 괴타분한 것보담은 술잔 먹구 다아 그러는 데서 세상 조화두 부리구 하는 법이니깐."

"거 보시우……."

유씨는 돋보기 너머로 남편을 흘끗 넘겨다보면서 한바탕 구박이 나온다.

"……당신두 인제야 그런 줄 아시우?…… 세상에 당신같이 괴탑지근한 이가 어디 있습디까?…… 담보 있게

술 한잔 먹어 볼 생각 못 해보구, 그래 고렇게 늘 잔망스럽게 살아왔으니 어떻수? 말래가 요지경이 아니우?"

정주사는 할말이 없으니까 한바탕 꺼얼껄 웃더니, 여태 발샅 후비던 손가락을 올려다가 못생긴 코밑 수염을 양편으로 *싸악싹* 꼬아 올린다. 암만 그래도 그놈이 '카이젤' 수염은 되지 못하고 죽지가 처지는 것이고.

"아, 그런데 말야!…… 그 애가……."

정주사는 무렴 끝에 서시렁주웅하고 이야기를 내놓는 모양인데, 그는 벌써 태수를 '그 애'라고 애칭(愛稱)을 한다.

"……글쎄 우리 초봉이를 벌써 지난 초봄부터 알았다는구려?…… 그래 가지굴랑은 저 혼자만 애가 달아서, 머 여간 아니었다더군그래! 허허."

"시체 사람들은 다아 그렇게 연앨 해야만 장가를 온다우. 우리 애가, 너무 내차기만 허구, 그래서 남의 집 젊은 사람이라면 눈두 거듭떠보질 않지만…… 그러나저러나 간에 나는 그 사람 자기네 집에서 어쩌면 그렇게 통히 당자한테 내맽기구 맘대루 하게 한다니 그 속 모르겠습디다! 신식이요 개명한 집안이면 다아 그렇기는 하답디다마는……."

"아 여보, 그럴 게 아니오?…… 과부의 외아들이겠다, 제 집안이 넉넉하겠다, 허니 자연 조동으루 자랐을 것이요, 그래서 입때까지 장가두 들지 않구 있었던 게 아니오? 그러니깐 장가를 가더라두 제 맘대루 골라서 제 맘대루 갈려구 할 것이고, 저의 집에서두 기왕 그래 오던 것이니, 쯧! 모르겠다, 다아 네 마음대로 해라, 맘대루 해서 하루바삐 장가나 가거라, 이럴 게 아니오? 사리가 그러잖소?"

두 내외의 태수의 위인이랄지, 또 혼인하기에 꺼림칙한 점이랄지는 짐짓 말 내기를 꺼려했고, 혹시 말이 나오더라도 서로 그것을 싸고 돌고 안고 돌아가고 하느라고 애를 썼다. 마치 자리잡은 부스럼이나 동티나는 터줏대감 건드리기를 무서워하듯.

그들은 진실로 이러하다. 그들은 딸자식 하나를 희생을 시켜서 나머지 권솔이 목구멍을 도모하겠다는 계책을 적극적으로 세우고 행하고 할 담보는 없다. 가령 돈 있는 사람을 물색해 내서 첩으로 준다든지, 심하면 기생으로 내앉히거나 청루(靑樓)104)에다가 팔거나 한다든지 그렇

---

104) 창관(娼館: 창기(娼妓)나 창녀들이 있는 집).

게 하지는 못한다.

비록 낡은 것이나마 교양이라는 것이 있어서 타성적으로 그놈한테 압제를 받기 때문이다.

교양이 압제를 주니 동물적으로 솔직하지 못하고 인간답게 교활하다.

해서, 정주사네는 시방 태수와 이 혼인을 함으로써 집안이 셈평을 펴게 된 이 끔찍한 행운을 당하여 한걸음 뒤로 물러서서 이 혼인이 장차에 딸자식을 불행하게 하지나 않을 것인가 하는 의구를 일으켜 가지고 그 의구가 완전히 풀리기까지 두루 천착을 해보기를 짐짓 그들은 피하려 든다. '사실'이 무섭고 무서운 소치는 너무도 '사실'이 뚜렷하고 보면 차마 혼인을 못 할 것이므로다.

그리하여 그들은 이미 악취가 나는 것도 그것을 번연히 코로 맡고 있으면서 실끔 외면을 하고는, 하나가 혹시,

"어찌 좀 퀴퀴하우?"

할라치면, 하나가 얼른 내달아,

"아냐, 구수한 냄새를 가지고 그리는구려."

하고 달래고, 그리다가 또 하나가,

"그런데, 어쩐지 좀 상한 냄새가 나는 것 같군!"

할라치면, 하나가 서슬이 시퍼래서,

"향긋허구면 그리시우!"

하고 세수빠진 소리를 하는 것을 지천을 하던 것이다.

이렇듯 사리고 조심하여 눈을 가리고 아웅한 덕에, 내외의 의견은 더 볼 것도 없이 맞아떨어졌던 것이다.

정주사는 아랫동네의 약국으로 마을을 내려가려고 벗었던 양말을 도로 집어 신으면서 유씨더러, 초봉이가 오거든 우선 서울은 절대로 보내지 않을 테니 그리 알고, 겸하여 이러저러한 곳에 혼처가 났으니 네 의향이 어떠냐고 물어 보라는 말을 이른다.

"성현두 다아 세속을 쫓는다는데, 그렇게 제 의향을 물어 보는 게 신식이라면서?"

정주사는 마지막 이런 소리를 하면서 대님을 다 매고 일어선다.

"그럼 절더러 물어 보아서 제가 싫다면 이 혼인을 작파하실려우?"

유씨는 그저 지날 말같이 웃음엣말같이 한 말이지만, 은연중에 남편을 꼬집는 속이다. 그러나 그것은 일변 유씨가 자기 자신한테도 일반으로 마음 결리는 데가 없지 못해서 말이다.

"제가 무얼 알아서 싫구 말구 할 게 있나?…… 에미

애비가 조옴 알아서 다아 제 배필을 골랐으리라구."

"그린 걸, 제 뜻을 물어 보랄 건 무엇 있소?"

"대체 여편네하구는, 잔소리라니!…… 글쎄 물어 보아서 저두 좋아하면 더할 나위 없을 것이고, 만약에 언짢아하거들랑 알아듣두룩 깨우쳐 일르지?"

"그걸 글쎄 낸들 어련히 할까 봐사 그리시우?…… 잔소린 먼점 해놓구설랑…… 어여 갈 데나 가시우."

정주사는 핀잔을 먹구서야 그만 해두고 마루로 나간다.

마침 대문 여는 소리가 들렸다. 유씨는 초봉이가 들어오나 하고 귀를 기울였으나 마당에서 정주사와 인사를 하는 승재의 음성이다.

'오오, 승재가!'

유씨는 새삼스럽게 승재한테 주의가 가던 것이다. 그럴 내력이 있었다.

유씨는 실상인즉 진작부터 초봉이가 승재한테 범연치 않은 기색을 눈치채고 있었다.

그래서, 꼭이 그래서뿐만 아니지만 그첨저첨해서 그는 승재를 맏사윗감으로 꼽고서 두루 유념을 해왔던 것이다.

말이 많지 않고, 보매는 무뚝뚝한 것 같아도 맘이 끔찍이 유순하고 인정이 있는 것이 무엇보다도 유씨의 마음에 들었다.

한번 그렇게 마음에 들고 나니 그 담엣것은 다 제풀로 좋게만 보여졌다.

그의 듬직한 성미는 사람이 무게가 있는 것같이 미더운 구석이 있어 보였다.

그가 지금은 다 그렇게 궁하게 지내지만, 듣잔즉 늘잡아서 내년 가을이면 옹근 의사가 된다고 하니, 의사가 되기만 되는 날이면 돈도 벌고 해서 거드럭거리고 지낼 거야 묻지 않아도 빤히 알 일이요, 그러니 그때 가서는 마음 턱 놓고 딸을 줄 수가 있을 것이었었다.

하기야 한 가지 마음 걸리는 데가 없지도 않았다.

승재는 부모도 없고 친척도 없이 무대가리같이 굴러다니는 사람인 걸, 도대체 근지가 어떠한지 알 수가 없었다.

옥에 티라고나 할까, 이것 한 가지가 유씨의 승재에게 대한 불안이었다.

그러나 궁하면 통한다는 묘리대로, 그것 또한 변법이 없으리라는 법은 없었다.

'지금 세상에 근지가 무슨 아랑곳 있나?'

'양반은 어디 있으며, 상놈이 어디 있어?'

'저 하나 잘나고 돈만 있으면, 그게 양반이지.'

이렇게 유씨는 이녁의 편리를 위하여 승재의 근지 분명치 못한 것을 관대하게 처분을 내렸었다.

그러나 그렇다고, 명년 가을에 승재가 의사가 되기를 기다려 그를 사위를 삼겠다고 정녕코 작정을 한 것은 아니었었다. 역시 사윗감으로 좋게 보고서 눈여겨두었을 따름이지.

유씨는 그러했지만 정주사는 결단코 그렇지 않았었다. 그는 승재 따위는 애당초 마음도 먹어 본 일이 없었다.

물론, 승재가 생김새와는 달라 인정이 있고, 행동거지가 조신한 것은 정주사 자신도 두고 겪어 보는 터라 모르는 바는 아니었었다.

그러나 당장 눈앞에 보이는 초라한 승재, 그가 의사가 되어 가지고 돈도 많이 벌고 의표도 훤치르르하고, 이렇게 환골탈태해서 척 정주사의 눈앞에 현신을 한다면 그때 가서야 정주사의 생각도 달라지겠지만 시방의 승재로는 간에도 차지를 않았다. 그는 유씨처럼 승재가 일후 잘되게 되는 날을 미리 생각해 보려고를 않던 것이다.

그러므로 만약 초봉이가 승재한테 무슨 다른 기색이 있는 눈치를 안다거나, 또 유씨라도 승재를 가지고, 자, 약시 이만저만하고 이만저만해서 나는 이 사람을 초봉이의 배필로 마땅하다고 생각하는데 당신은 어떻게 생각하시오, 이렇게 상의를 한다면 정주사는 마구 훌훌 뛸 것이었었다.

대체 어디서 굴러먹던 뉘 집 뼈다귄지도 모르는 천민(賤民)을 가지고 어엿한 내 집 자식과 혼인을 하다니 그런 해괴망측한 소리가 있더란 말이냐고, 그 노랑수염을 연신 꼬아 추키면서 냅다 냉갈령을 놓았을 것이었었다. 그 끝에 유씨한테 듭신 지천을 먹기도 하겠지만.

아무튼 그래서 유씨는, 남편의 그러한 솔성을 잘 아는 터라 아예 말눈치도 보이지 않고 그저 그쯤 혼자 속치부만 해두고 오늘날까지 지내 왔었다.

그러자 오늘 별안간, 고태수라는 신랑감이 우선 외양도 눈에 차악 고일 뿐만 아니라 천하에도 끔찍한 이바지를 가지고서 선뜻 눈앞에 나타났던 것이다.

유씨는 태수가 나타나자 그의 외양과 들이미는 소담스런 이바지에 그만 흠탁해서 여태까지 유념해 두고 지내던 승재는 미처 생각할 겨를도 없이 태수 하나만 가지고 여부없이 작정을 해버렸던 것이다. 태수는 혼자 가서 첫째를 한 셈이다.

유씨는 그렇게 작정을 하고 나서 그러고도 종시 승재

라는 존재를 잊어버리고 있는데, 마침 승재의 음성이 들리니까 비로소 주의가 갔던 것이다.

유씨는 그제야 승재를 태수와 대놓고 보았다. 그러나 그것은 마치 쌍으로 선 무지개처럼, 빛이 곱고 선명하니 가깝게 있는 며느리 무지개는 태수요, 뒤로 넌지시 있어 희미한 시어머니 무지개는 승재인 양, 도시 이러니저러니 할 것도 없을 성싶었다.

태수가 그처럼 솟아 보이는 것이 흡족해서 유씨는 무심코 빙그레 웃기까지 한다.

그러나 그 끝에 문득, 그만큼이나 무던하다고 본 승재를 그대로 놓치게 되는가 하면 일변 아까운 생각도 들었다.

이 아깝다는 생각에는, 그보다 앞서서 욕심 하나가 돋쳐 나왔었다. 그는 승재를 그냥 놓아 버릴 게 아니라 작은딸 계봉이의 배필로 붙잡아 두고 싶던 것이다.

지금 스물다섯 살이라니까 계봉이와는 나이 좀 층이 지기는 해도, 여덟 해쯤 대사가 아니었었다. 그러니 아무려나 승재는 그 요량으로 유념해 두고서 후기를 보기로 작정했다. 하고 본즉 유씨는 하룻밤에 한 자리에 앉아서 큰사위 작은사위를 다 골라 세운 셈이 되고 말았다.

아홉시나 되었음직해서 초봉이가 돌아왔다.

유씨는 들어오는 초봉이의 얼굴을 보자마자 깜짝 놀란다.

"너 어디 아프냐?"

눈이 폭 갈리고 해쓱한 얼굴이며 더구나 핏기 없는 입술이, 결코 심상치가 않았던 것이다.

"아니."

초봉이는 대답은 해도 말소리에 신명이 하나도 없고, 방으로 들어서자 접질리듯 주저앉는 몸짓에도 완구히 맥이 없어 보인다.

유씨는 바느질하던 것도 내려놓고 성화스럽게 딸을 바라본다.

"아니라께? 응?…… 저녁은 아까 형주가 날라 갔지? 먹었니?"

"네에."

"그럼 늦게 일을 해서, 시장해서 그리나 보구나?"

"아니."

"그럼 왜 신색이 저러냐?…… 어디가 아픈 게루구먼? 분명히 아픈게야!"

"아이, 어머니두!"

초봉이는 강잉해서 웃으려고 하는 모양이나, 웃는다는

게 웃는 것 같지도 않다.

"……내가 어쨌다구 그리시우? 난 아무렇지두 않은데."

"아무렇지도 않은 게 다아 무어냐? 사람이 꼬옥 중병 치르구 난 것처럼 신색이 틀렸는걸…… 어디가 아파서 그러거던 아프다고 말을 해라! 약이라두……."

"아프긴 어디가 아프우? 아무렇지두 않다니깐."

초봉이는 성가신 듯이 이마를 가늘게 찌푸린다.

초봉이는 아까 아침에 나갈 때만 해도 넘치게 명랑했었다.

오늘은 저녁때부터 새 주인한테 가게를 아주 넘겨 주고 내일 하루는 집에서 쉬고 모레는 밤차로 서울로 가고 한다고, 사람이 본시 진중하니까 사뭇 째왈거리거나 하지는 않았어도, 혼자 속으로 좋아서 못 견디어하는 눈치는 완연했었다.

그는 그새도 늘 어머니만 믿으며 어쨌든지 아버지가 못 가게 막지 못하도록 가로맡아 주어야 한다고 모녀가 마주앉기만 하면 뒤를 누를 겸 신신당부를 했고, 오늘 아침에 나갈 적에도 모친을 가만히 부엌으로 불러내어 그 말을 하면서 모친이 염려 말라고 해주니까 그저 입이

벙싯벙싯하는 것을 손등으로 가리고 나가기까지 했었다.

그랬었는데 지금 저녁에는 갑자기 신색이 말이 아니게 틀려 가지고 맥이 없이 들어오니까, 유씨는 처음에는 필경 몸이 아파서 그러는 줄로만 애가 쓰여서 그다지 성화를 한 것이다.

그러나 차차 보니, 제 말대로 역시 몸이 아픈 것은 아니고 무엇을 걱정하는 것 같은, 낙담한 것 같은 그런 기색이 엿보였다.

그러면 혹시 가려던 서울을 못 가게 되어서 그런 것이나 아닌가. 물론 집안엣일을 제가 그새 벌써 알았을 이치는 없고, 그렇다면 달리 무슨 곡절이 생긴 모양인데…… 대체 어찌 된 까닭인고?…… 유씨는 이렇게 두루 생각을 해보느라고 잠잠히 손끝의 바늘만 놀리고 있다.

초봉이는 잠자코 한동안 말이 없이 앉았다가 문득,

"어머니, 난 서울 못 가게 됐다우!"

하는 게 마치 성가신 남의 말을 겨우 전갈하듯 한다.

"으응? 왜?"

유씨는 속으로는 그런 것 같더라니 하고서도 짐짓 놀란다. 그는 짐짓 놀라는 체했지, 속으로는 그거 일은 실없이 잘되었다고 마음에 썩 다행스러웠다.

유씨는 방금 오늘 아침까지도 딸더러 부친이 막는 것은 가로맡을 테니 염려 말라고 장담을 하면서 서울로 가라고 해왔었다.

그러던 것을 그날 하루가 다 못 가서 같은 그 입을 가지고, 이 애 너 서울 못 간다, 이 말을 하기는 아무리 모녀지간이요, 또 갑자기 좋은 혼처가 나선 때문이지만, 그래도 낯간지러운 노릇이었다.

그런데 계제에 제가 먼저 서울을 가지 못하게 되었단 말을 하고 보니 유씨는 이런 순편할 도리가 없던 것이다.

초봉이는 제가 한 말이고 모친이 묻는 말이고를 다 잊어버린 듯이 우두커니 앉아 있다가 겨우 내키지 않게,

"아저씨가 오지 말래요."

"아저씨? 제호 말이지?"

"네에."

"왜? 어째서?"

물어도 초봉이는 고개를 숙이고 대답이 없다.

"아니, 글쎄……."

유씨는 서슬을 내어 성구려 든다.

"……제가 자청을 해서 가자구 해놓구는 인제는 또 오지 말란다니, 그건 무슨 놈의 변덕인구?…… 그런 실없

은 일이 어딨다더냐?"

물론 이편은 버젓한 혼인을 하게 된 고로 그렇지 않아도 일을 파의시켜야 할 판이었고, 그러니 절로 파의가 된 것이 다행이긴 하지만, 그건 그것이고 이건 이것이지, 생각하면 괘씸하고 도무지 경우가 그른 짓이다.

일껏 제 입으로 가자고 가자고 해서 다 말짜듯이 짜놓고는, 인제 슬며시 오지 말라고 한다니, 그래서 남의 집 어린 자식을 저렇게 신명이 떨어져서 죽을 상 되게 하다니.

요행 보내지 않기로 조금 전에 작정을 했기에 망정이지, 그렇지 않았다면 유씨는 단박 두 주먹을 불끈 쥐고 쫓아가서 속이라도 시원하게 시비를 가리자고 들 그의 승벽이다.

사실 그는 당장에 초봉이가 가엾은 깐으로는 그대로 부르르 달려가서 제호의 턱밑에다 주먹을 들이대고, 자, 무슨 일로 그랬습나? 그런 경우가 어딨습나? 그만두소, 그까짓놈의 서울 안 보내도 좋습네, 보아란 듯이 버젓한 신랑감을 골라서 혼인을 하겠습네, 이렇게 콧구멍이 삐언하도록 몰아세워 주고 싶기도 했다.

"글쎄 우릴 만만히 보구서 그러는 게 아니냐? 대체 어째서 가자구 했다가 이제는 오지 말란다더냐?…… 답답하다. 속이나 좀 알자꾸나?”

“나도 몰르겠어요…… 그냥 오지 말라구 그리니깐…….”

초봉이는 곧은 대답을 않고 있다가 종시 모른다고 하고 만다.

그는 아까 저녁때 당하던 그 일을 모친한테고, 남한테고, 제 낯이 오히려 따가워서 말하기조차 창피했다.

저녁때 다섯시가 얼마 지나서다.

바쁜 일이 없어도 바쁘게 돌아다니는 제호지만, 요새 며칠은 정말 바빠서, 오늘도 아침부터 몇 번째 그 긴 얼굴을 쳐들고 분주히 드나들던 끝에 잠깐 앉아 쉬려니까 그나마 안에서 윤희가 채어들여 갔다.

제호가 안으로 들어가고 조금 있더니 큰소리가 들려 나오기 시작했다.

이틀에 한 번쯤은 내외간에 싸움을 하는 터라, 초봉이는 그저 또 싸움을 하나 보다 했지, 별반 귀여겨 듣지도 않고 있었다.

“그래, 기어코 그 계집애를 데리구 갈 테란 말이야?”

윤희의 쟁그럽게 악을 쓰는 목소리가, 마치 초봉이더러도 들으라는 듯이 역력히 들려 왔다. 초봉이는 귀가 번쩍 띄었다.

"글쎄, 데리구 가면 어째서 그리는 거야?"

이것은 약간 거칠게 나오는 제호의 음성이다.

"어째서라니? 내가 그 속 모를까 봐서?"

"속은 무슨 속이란 말이야?"

"말은 못 하나?…… 계집애가 밴조고름하게 생겼으니깐 음충맞게 딴 배짱이 있어 가지구설랑……."

이렇게 들려 나오는 윤희의 발악 소리에, 초봉이는 얼굴이 화틋 달아올랐다. 그는 마침 배달하는 아이도 없이 혼자 가게에 앉아 있으면서도 고개를 들 수가 없었다.

그는 깨끗한 처녀의 마음자리에 진흙을 끼얹은 것 같아 일변 분하기도 했다.

"나잇값이나 좀 해요!"

제호가 나무라듯 비웃듯 씹어 뱉는다.

"……인전 그만하면 철두 들 때두 됐는데, 왜 점점 갈수록 고 모양이야?…… 원 내가 아무리 계집에 걸신이 들렸기루서니, 그래, 나이 자식 연갑이구, 더구나 믿거라 허구서 갖다 맽기는 친구의 자식한테 손을 댈까 봐서?…… 원 히스테리두 분수가 있구, 강짜두 택이 있어야지!"

"아이구! 저 꽝우리구멍 같은 아가리105)루다가 말은 이기죽이기죽 잘두 하네!…… 아무튼지 말루만 이러네 저러네 해야 소용 없구, 자아, 데리구 갈 테야? 안 데리구 갈 테야? 응?"

"데리구 갈 테야!"

"정말?"

"그래."

"그럼 나두 나 하구 싶은 대루 할 테야……."

윤희의 한결 더 독살스러운 소리가 잠깐 그치더니, 조금 있다가 다시,

"……자아 이거 알지? 이건 빙초산이구, 이건 ××가리(加里)…… 빙초산은 위선 그 계집애 낯바닥에다가 끼얹어 주구, 그리구 나서 ××가릴랑은 내가 먹구…… 어때? 그랬으면 시언상쾌하겠지?"

빙초산을 그 계집애 얼굴에다가 끼얹는다는 소리가 들릴 때, 초봉이는 오싹 소름이 끼치고 수족이 떨렸다.

안에서는 연달아 쾅당거리는 소리, 외치는 소리가 들리고, 그 소리가 가게께로 가까워질 때에는 초봉이는 벌써 길로 뛰어나왔었다.

─────────────
105) 입을 속되게 이르는 말.

그러자, 길로 뛰어나오기는 했어도, 어마지두 어떻게 할지 분간이 선뜻 나지 않아서 주춤주춤하는데, 제호가 양편 손에 약병 하나씩을 갈라 들고 씨근버근 가게로 나오는 것이다.

안에서는 윤희가 아이고 대고 목을 놓고 울음을 울고, 제호는 두리번거리다가 길 가운데 가 서서 있는 초봉이더러 들어오라고 손짓을 하면서 기다란 얼굴을 끄덕거린다.

초봉이는 서먹서먹하기는 해도 가게로 들어갔다.

"이런 제기할 것!"

제호는 들고 나왔다가 테이블 위에 놓았던 빙초산과 ××가리 병을 도로 집어 들고 들여다보면서 두덜거린다.

"……글쎄, 그놈의 원수가 이건 어느결에 도둑질을 해다 두었드람? 거 참…… 하마트면 큰일날 뻔했지! 제기할 것…… 이거 아무래두 내가 ××가리래두 들이 마시구 죽어 버려야 할까 봐!…… 건데 초봉이?"

불러 놓고도 그는 난처해 차마 머뭇거리다가 겨우 말을 잇는다.

"……이거 참 미안하게 됐는데 말이야, 응?…… 저어 이번에 말이야, 서울 같이 못 가게 될까 봐?……그러니 집에 있으라구, 집에 있으면, 내 인제 올라오라구 기별하

께시니, 웅? 초봉인 다아 내 사정 알아 줄 테니깐 하는 말이니…… 제기할 것, 이놈의 세상!"

제호는 초봉이의 대답을 차마 듣기가 미안한 듯이, 제 할 말만 다 해놓고는 이내 약병을 집어 들고서 '극약·독약'이라고 쓴 약장 앞으로 가고 만다.

사맥이 이렇게 된 사맥이고, 했고 보매 초봉이는 그렇듯 창피스런 곡절을 비록 모친한텔 값에 이야기를 하기가 낯이 뜨거웠던 것이다.

"그리구저리구 간에……."

유씨는 굳이 더 캐어물으려고 하지 않고 그쯤서 짐짓 모르쇠를 해버리면서 비로소 혼인말의 허두를 꺼내 놓되,

"……잘되었다, 그까짓 서울은 간들 실상 말이지 무슨 그리 우난수가 있다더냐? 밤낮 그 턱이 제 턱이지…… 아주 잊어버려라, 그리구 시집이나 가거라."

초봉이는 그러나 이 끝엣말은 심상하게 귀넘겨 들었다.

전에도 양친이 늘 마주앉기만 하면, 초봉이가 듣는 데고 안 듣는 데고 어서 시집을 보내야겠다거니 너무 늦어가서 걱정이라거니, 이런 이야기를 하곤 했기 때문에, 오늘 저녁에도 그저 지날 말인 줄만 알았던 것이다.

한편 유씨는 오늘 저녁에 그 말을 죄다 할까, 또 운만 따고서 그만둘까 망설이던 참이다.

가자던 서울은 못 가고, 저렇게 풀이 죽어 만사에 경황이 없어하는데 혼인 이야기란 어찌 생각하면 새수빠진 듯하기도 했다.

그러나 일변 생각하면, 그 애가 그럴수록 혼인이 어울린 이야기를 해주어서 거기에다가나 마음을 돌리고 다른 것은 잊어버리도록 하는 것도 계제에 좋을 성싶었다.

그래 우선 그렇게 허두만 내놓고는, 어떻게 할까 하고 다시 한번 궁리를 하는데 건넌방에 있던 계봉이가 마침 건너와서 살며시 들어앉는다.

그는 오늘 초저녁부터 눈치들이 이상하고 하니까, 필경 형의 혼인 이야기려니 기수를 채고서 궁금증이 나서 견딜 수가 없었다.

"나두 바느질 좀 배워예지, 헤."

계봉이는 도로 쫓겨갈까 봐 아주 이런 소리를 하면서 말긋말긋 눈치를 살핀다.

"여우 같은 년 같으니라구!"

유씨가, 누가 네 속 모를 줄 아느냐는 듯이 돋보기 너머로 눈을 흘기면서,

"……네년이 무척 바느질이 배우구 싶겠다?…… 그리다가 짜장 사람 되게?"

"어이구 어머니두…… 바느질 못 한다구 시집갔다가 쫓겨오믄 어머닌 속이 시원하겠수?"

"말이나 못 하나?…… 저년이 주둥아리만 알루 까놨어!"

"해해해…… 그래두 어머니 딸은 어머니 딸이지이?"

"내 속에서 네년 같은 왜장녀가 어떻게 생겨났는지 나두 모르겠다!"

"그렇지만 어머니, 나는 나 같은 훌륭한 딸이 어떻게 우리 어머니 뱃속에서 나왔는고? 그게 이상한걸?"

"저년이 얄래져서 한참 까불구 있구만!…… 그렇게 까불구 분주하게 굴려거든 저 방으루 건너가아!"

"네에, 그저 다소굿하구 앉아서 어머니 바느질하시는 것만 보겠습니다!"

유씨는 계봉이를 지천은 해도, 그 애가 건너와서 분배를 놓고 나니까 초봉이와 단둘이서 앉아 있을 때보다는 어쩐지 빡빡하던 것이 적이 풀리고, 그래서 이야기를 하기도 훨씬 수나로워지는 듯싶다.

"이 애야 초봉아?"

유씨는 음성에 정이 간곡하게 부르면서 잠깐 고개를 쳐들고 본다.

초봉이는 모친이 무슨 긴한 이야기가 있길래 음성까지 가다듬어 가지고 그러는고 해서 마주 고개를 쳐든다.

"……너두 벌써 나이가 스물한 살이니……."

유씨는 이윽고 이렇게 허두를 내놓고는, 그러고는 또 한참이나 잠잠하다가 비로소,

"……흰말이 아니라, 우리가 고향에서 그래두 조석 걱정은 않구서 살던 그때 같은 처지라면야 너를 나이 스물한 살이나 먹두룩 두어 두었을 것이며, 또오 너를 내놔서 그 푸달진 돈벌이를 시키느라고 오늘처럼 박제호 따위가 우리를 호락호락허게 보구서 그런 경우 빠진 짓을 하게 하긴들 했겠느냐?…… 그것이 다아 집안이 치패해서 궁하게 살자니까 범사가 모두 그 지경이로구나!"

유씨는 이렇게 시초를 잡아 가지고, 넉넉 아마 삼십 분 동안은 별별 잔사설을 늘어놓더니, 급기야, 그러하니 네 나이 한 나이라도 더 들기 전에 마땅한 혼처가 있으면 하루바삐 혼인을 해야겠다, 너의 부친과 앉으면 그 걱정을 하는 참이라고, 겨우 장황스런 서론을 끝마친다.

마치고 나서는 또 한번 음성을, 이번에는 썩 의논성

있게 가다듬어,

"너 혹시 저 너머, 한참봉네 싸전집 말이다. 그 집에 기식하구 있는 고태수라는 사람, 저 아따, 저 ××은행소 다닌다는 사람 말이다. 그 사람 더러 본 일 있느냐?"

유씨는 고개를 쳐들면서 말을 멈춘다.

초봉이는 고태수라는 이름을 듣자, 앗! 기어코 여기까지 바싹 들이대고 육박을 했구나! 하고 몸을 떨었다.

그 동안 초봉이는 고태수라는 사람의 독하고 세찬 정기가 미묘하게도 심장 속으로 뚫고 들어오는 것을 막으며 밀리며 실로 악전고투를 해왔었다.

고태수라는 사람의 얼굴을 알아내고, 동시에 그가 이러저러한 속이 있다는 것을 알던 그날부터 초봉이의 가슴에는 저도 모르게 동요가 시작되었었다.

초봉이가 맨처음 그날, 태수의 모습을 머릿속에 그려 보다가 승재와 비교해서 승재가 그만 못하니까, 그것을 시기하여 태수한테 반감이 생긴 것 그것이 벌써 일 심상치 않을 시초였던 것이다.

그 뒤로 늘 태수는 초봉이의 머릿속에 가서 승재의 옆에 가 차악 붙어서는 초봉이가 아무리 눈치를 해도 찰거머리같이 떨어지지를 않았다.

초봉이는 승재를 자꾸만 추켜 앉히고 싸고 돌고 해도 그럴수록 태수는 자꾸만 더 드세게 파고들었다.

태수는 마치 색채 강렬한 꽃이나 진한 향수처럼 초봉이의 신경을 자극시켰다. 초봉이는 눈이 아프고 콧속이 아려서 그 꽃을 안 보려고, 그 향내를 안 맡으려고 눈을 감고 고개를 두르고 했어도 끝끝내, 큰 운명인 것처럼 그것이 피해지질 않았다.

피하려도 피해지지도 않고, 그게 안타깝다 못해 필경 제 마음이 울고 싶게 짜증만 났었다.

그러나 다만 한 가지, 인제 오래잖아 서울로 가는 날이면, 그것도 활활 털어지고 마음 가뜬하겠지, 이렇게 믿고 일변 안심을 했었다.

이렇듯 초봉이로서는 이 판이 말하자면 아슬아슬한 땅재주를 넘는 살판인데, 별안간 서울 가자던 것이 와해가 돼 단지 서울을 가지 못하는 것 그것만 해도 큰 실망인데, 우황 고태수라니!

마침내 승재를 갖다가 한편 구석으로 밀어 젖히고서, 제가 어엿하게 모친 유씨의 옹위까지 받아 가면서 이마 앞으로 바로 다가선 그 고태수!

초봉이는 모친이 말을 묻는 것도 잊어버리고, 저 혼자

서, 시방 태수라는 사람이 던지는 그물에 옭혀 매어 옴나
위하지도 못하면서, 그러면서도 어느덧 방그레니 웃으면
서 그한테 손을 내미는 제 자신을 바라보다가, 깜박 정신
이 들어 다시금 몸을 바르르 편다.

유씨는 딸의 대답을 기다리지 않고 잠깐 만에 다시,

"그 사람 말이, 너를 안다구 그리구, 너두 자기를 알
것이라구 그리더란다."

하면서 이야기를 또 내놓는데, 계봉이가 말허리를 꺾고
나서서 한마디 참견을 하느라고,

"으응, 그 사람?…… 나두 더러 보았지…… 그런데 사
람이 어떻게 너무 말쑥한 것 같더라!"

"네깐년이 무얼 안다구, 잠자쿠 있던 않구서, 오루루
나서? 주제넘게!"

유씨는 계봉이를 무섭게 잡도리106)를 해놓고서 다시
초봉이더러,

"……그래, 느이 아버지두 그리시구, 또 내가 보기두
사람이 퍽 깨끗허구 똑똑해 뵈더라…… 나이는 올해 스
물여섯이구, 서울서 아따 뭣이냐, 전문대학교를 졸업했

---

106) 단단히 준비하거나 대책을 세움. 잘못되지 않도록 엄하게 단속하는 일.

다구……?"

"어이구 어머니두!"

욕을 먹을 값에, 계봉이는 제 낯이 따가워서 그대로 듣고 있을 수가 없던 것이다.

"……전문대학교가 어디 있다우? 전문학교믄 전문학교구 대학이믄 대학이지."

"이년아 그럼, 더 높은 학콘 게로구나!"

"어이구 참, 볼 수 없네! 혼인허기두 전에 지레들 반해 가지굴랑…… 난 고런 사내 얄밉더라! 뺀질뺀질한 거……."

"아, 저년이!"

유씨는 소리를 버럭 지르면서 당장 무슨 거조를 낼 듯이, 돋보기 너머로 계봉이를 흘겨본다. 행여 건드릴세라 사리고 조심하는 아픈 자리를, 마치 들여다보는 듯 공짱나게 칼끝으로 쑤셔 낸다고야, 이 당장 같아서는 자식이 아니라 원수요, 쳐죽이고 싶게 밉던 것이다.

초봉이는 종시 고개를 떨어뜨리고 있고, 유씨는 계봉이한테 흘기던 눈을 고쳐서 초봉이게로 돌려 한번 힐끗 기색을 살핀 뒤에, 죽 설명을 늘어놓는다.

"태수는 고향이 서울이요, 양반의 집 과부의 외아들이

요, 재산은 천 석 추수나 하고, 지금 은행에 다니는 것은 장차 무슨 큰 경륜이 있어 일을 배울 겸 그리하는 것이요, 결혼식은 인제 예배당에나 공회당에 가서 신식으로 할 테고 잔치는 돈을 많이 들여 요릿집에 가서 할 테고 우리 집이 가난해서 마음은 있어두 혼인할 엄두를 못 낸다니까, 그러잖아도 혼인 비용을 전부 제네가 대줄 요량을 하고 있단다고 하고, 그러니 털어놓고 말이지, 시방 이 지경이 된 우리한테 당자가 그만큼 잘나고 집안이 좋고, 그 밖에 여러 가지로 구격이 맞은 그런 혼처가 좀처럼 생기기가 어려운 노릇인데 그게 다아 연분이라는 것이니라. 그래서 느이 아버지와 내가 잘 상의를 해보고 나서 이 혼인을 하기로 아주 작정을 했다. 그러니 너도 그렇게 알고 있거라. 느이 아버지는 너의 의향을 물어 보라고 하시지만 너도 노상이 그 사람을 모르는 배 아니니 물어 보나마나 네 맘에도 들 것이다……."

이렇게 유씨는 이야기를 마치고 잠긴 숨을 내쉬면서 고개를 들어 딸의 기색을 엿본다.

모친의 여러 가지 설명으로 해서 초봉이의 머릿속에 들어 있던 태수의 영상은, 인제는 더할 나위도 없이 찬란해 가지고, 승재의 그러잖아도 뒤로 밀려간 희미한 영상

을 더욱 압박했다. 초봉이는 그것이 안타까워 몸부림을 치면서,

'나두 몰라요!'

고함쳐 포악이라도 하고 싶었다.

세 모녀가 잠시 말이 없이 잠잠하고 있다가 유씨가 다시 무슨 말을 하려고 하는데 계봉이가 얼른 내달아, 초봉이한테 의미 있는 눈을 찌긋찌긋,

"언니 참 잘됐구려? 그만하믄 오케이지, 무얼 생각하구 있어? 하하하…… 우리 언니가 인전 다네노코시를 타게 됐단 말이지! 하하하."

웃어 대면서 언중유언의 말로 짓궂게 놀려 주고 있다.

초봉이는 눈을 흘기다가 다시 고개를 숙이고 말이 없다.

"언니, 내일 아침버텀은 밥 내가 하께, 응? 해해…… 척 이렇게 서비슬 해야 한단 말이야…… 그 대신 인제 언니 결혼하구 나서 혹시 서울루 가게 되거들랑 나 공부 좀 시켜 주어야 해? 응?"

"……"

"아이, 왜 대답을 안 해?…… 난 많이두 바라지 않구, 자그만치 의학전문이나 약학전문 하나만 마쳐 주믄 그만이야."

계봉이는 이 자리에서는 형을 놀리느라고 장난삼아 하는 말이지만, 그가 의학전문이나 약학전문을 다녀, 한 개 버젓한 기술을 캐치하고 싶어하는 것은 노상 두고 하던 말이요 진정이었다.

"온…… 같잖은 년이!"

유씨가 계봉이를 타박을 하는 것이다.

"……이년아, 네 따위가 공분 더 해서 무얼 하니?…… 사람 으젓잖은 것 공부시키기 공력만 아깝지!"

"어이구 어머니두…… 그래두 나두 언니 덕 좀 볼걸…… 어머니 아버지두 인제 부자 사위한테 단단히 덕 볼려믄서……."

"저년을, 주둥아리를……."

유씨는 그만 펄쩍 뛰면서 계봉이를 때릴 듯이 벼른다.

"안 그러께요 어머니! 다신 안 그러께요…… 그렇지만 어머니?…… 저 거시키 조사나 잘 좀 해보았수?"

"아 이년아, 조사가 무슨 조사야?"

"그 사람이 부자요, 다아 양반이요, 그리구 어머니 말대루 전문대학교를 졸업하고, 그리구 또……."

"그년이 곤달걀 지구 성 밑엔 못 가겠네."

"하하하하…… 그럼 언니가 곤달걀 푼수밖에 안 되

나?”

“저년을 거저!…… 아 이 계집애년아, 느이 아버지하면 내면 다아 오죽 알아서 할라구, 네년이 나서서 건방지게 쏘옥쏙 참견을 하려 들어?”

“네에, 다아 그러시다면야…… 나두 다아 언닐 생각해서 그런 거랍니다.”

“이년아, 고양이 쥐 생각이라구나 해라!”

“네에, 언니가 아까는 곤달걀이라더니, 인전 또 쥐라!…… 오늘 저녁에 울 언니가 둔갑을 많이 하는군!”

“저년을! 네 요년…….”

유씨는 을러메면서 옆에 놓았던 침척을 집어 들고, 계봉이는 얼른 날쌔게 마루로 해서 건넌방으로 달아난다.

“……이년 인제 보아라. 등줄기에서 노린내가 나게시리 늑신 두들겨 줄 테니…… 사람 못된 년 같으니라구!”

유씨는 부아는 났어도 일변, 계봉이가 건넌방으로 가고 없는 것이 다행했다. 그는 인제 마지막으로 초봉이한테 하려는 그 말은 ‘여우 같은 그년’ 계봉이가 있는 데서는 내놓기가 겁이 났었다. 보나 안 보나, 그 주둥아리에 또 무어라고 말참견을 해서 속을 상해 줄 테니까(……가 아니라 실상은 계봉이가 무서워서).

유씨는 부아를 삭이느라고 한동안 잠자코 바느질만 하다가 이윽고 목소리를 훨씬 보드랍게 이야기를 꺼내 놓는다.

"그리구 이런 말이야 아직 네한테까지 할 건 없지만, 기왕 말이 난 길이니…… 그 사람이 이렇게 하기로 한다더라…… 혼수 비용을 자기가 말끔 대서 하기두 하려니와, 또 우리가 이렇게 간구하게 지낸다니까, 원 그래서야 어디 쓰겠냐구, 그럼 인제 혼사나 치르구 나서 자기가 돈을 몇천 원이구(유씨는 몇천 원이라고 분명히 말했다) 대디리께시니, 느이 아버지더러 무어 점잖은 장사나 해보시란다구 그런다드구나!…… 그렇다구 너라두 혹시 에미 애비가 사우 덕에 호강을 할려구 딸자식을 부둥부둥 우겨서 부잣집으로 떠실어 보낼려구 하지나 않는고 싶어, 어찌 생각이 들는지는 모르겠다마는, 어디 설마한들 백만금을 준다기루서니, 당자 되는 사람이 흠이 있다든지, 또 깨림직한 구석이 있다면야 마른 하늘에서 벼락이 내릴 일이지, 어쩌면 너를 그런 데루다가 이 에미 애비가 보낼 생각인들 하겠느냐? 그저 첫째루는 너를 위해서 하는 혼인이요, 그래 네가 가서 고생이나 않구 호강으루 살기두 하려니와, 또 그 사람이 밑천이라두 대주어서 장사라두 하면, 그게 그대지 나쁠 일이야 없지 않느냐?"

유씨는 바늘귀를 꿰는 체하고 잠깐 말을 멈추고 딸의 기색을 살핀다.

"글쎄 이 애야!"

유씨는 다시 바늘을 놀리면서 음성은 별안간 처량하다.

"······너두 노상 그런 걱정을 하지만, 느이 아버지 말이다······ 그게 허구 다니는 꼬락서니가 그게 사람 꼴이더냐? 요전날 저녁에두 글쎄 두루매기 고름이 뜯어진 걸 다시 달아 달라구 내놓더구나! 아마 누구한테 멱살잽이 당한 눈치더라, 말은 안 해두······ 아이구 그 빈차리같이 배싹 야웨 가지군 소 갈 데 말 갈 데 안 가는 데 없이 다니면서 할 짓 못 할 짓 다아 하구, 그런 봉역이나 당하구, 그리면서두 한푼이라두 물어다가 어린 자식들 먹여 살리겠다구······ 휘유! 생각하면 애차럽구 눈물이 절루 난다!"

눈물이 난다는 유씨는 그냥 맹숭맹숭하고, 초봉이가 고개를 숙인 채 눈물이 좌르르 쏟아진다. 그것은 부친을 가엾어하는 눈물이기도 할 것이다. 그러나 노상 그것만도 아니다.

그는 모친에게서 결혼을 하고 나면 태수가 장사 밑천

으로 돈을 몇천 원 대주어서 부친이 장사 같은 것을 하게
한다는 그 말을 듣고는 다시는 더 여부없이 태수한테로
뜻이 기울어져 버렸다.

그거야 태수가 미리서 마음을 동요시킨 것이 없었다고
하더라도, 그만한 조건이고 보면 필연코 응낙을 않던 못
할 초봉이다.

그러나 시방 초봉이는 제 마음의 한편 눈을 감고서라
도 태수한테 뜻이 있어서가 아니요, 그 유리한 조건 그것
한 가지 때문이라고 해서나마, 안타까운 제 심정의 분열
을 짐짓 위로하고 싶으리만큼 일변으로는 승재한테 대하
여 커다란 미련과 민망스러움이 간절했다.

그러나 가령 그렇듯 박절하게 옹색스런 회포를 짜내지
않더라도 아무려나 아직까지는 그게 첫사랑의 싹이었던
걸로 해서 태수한테보다는 승재한테로 정은 기울어 있었
던 게 사실이매, 그만한 미련의 상심(傷心)은 아무튼지
없지 못했을 것인데, 마침 겹쳐서 모친 유씨의 그 눈물만
못 흘리지 비극배우 여대치게 능청스런 '세리프'가 있어
놓으니, 또한 비감(悲感)의 거리가 족했던 것이요, 게다
가 또다시 한 가지는, 그러한 부친과 이러한 집안을 돕기
위하여 나는 나를 희생을 한다는 처녀다운 감격…… 이

렇게나 모두 무엇인지 분간을 못 하여 뒤엉켜 가지고 눈물이라는 게 흘러내린 것이다.

닷새가 지나, 오늘은 양편이 탑삭부리 한참봉네 안방에 모여서 초봉이와 태수가 경사로운 약혼을 하는 날이다.

태수 편에서는 다 그럴 내력이 있어서 혼인을 급히 몰아친 것이요, 정주사 편에서도 역시 하루바삐 '장사'를 할 밑천이 시각이 급해, 그저 하자는 대로 웅 웅 하고 따라갔던 것이다.

신부 편에서는 규수 초봉이와 정주사와 형주가 오고, 신랑 편에서는 태수가 가장 친하다는 친구 형보를 청했고, 탑삭부리 한참봉네 내외는 주인 겸 신랑 편이다.

다섯시에 모이자고 했는데 여섯시에야 수효가 정한대로 겨우 들어섰다.

형보는 오늘 이 자리에서 처음으로 보는 초봉이를 보고는 깜짝 놀란다.

그는 절절히 탄복하면서

'아, 요놈이!'

하고 샘을 더럭 내어 태수를 쳐다보았다.

형보의 눈에 보인 대로 말하면, 초봉이는 청초하기 초

생의 반달 같고 연연하기 동풍에 세류 같았다. 시방 형보가 초봉이를 탐내는 품은 태수가 초봉이한테 반한 것보다 훨씬 더했다.

'고걸, 고걸 거저, 손아구에다가 꼭 훑으려 쥐고서 아드득 비어 물었으면, 사뭇 비린내두 안 나겠다!'

형보는 정말로 침이 꿀꺽 삼켜졌다.

'고것 오래잖아 콩밥 먹을 놈 주긴 아깝다! 아까워, 참으로 아까워!'

형보는 쨍하니 뚫려 가지고는 요기(妖氣)[107]조차 뻗치는 눈망울을 굴려 초봉이와 태수를 번갈아 본다.

그는 지금부터라도 제가 슬그머니 뒤로 나서서 태수의 뒤밑을 들추어 내어 이 혼인이 파의가 되게시리 훼방을 놀아 볼까 하는 생각을 두루두루 해보기까지 했다.

마침 음식 분별이 다 되었던지, 그새 안방과 부엌으로 팔락거리고 드나들던 김씨가 행주치마에 가뜬한 맵시로 앞 쌍창을 크게 열더니, 방 안을 한번 휘휘 둘러본다. 음식상을 어떻게 들여놓을까 하는 참이다.

태수는 약혼반지 곽을 꺼내서 주먹에 숨겨 쥐고 김씨

---

107) 요사스러운 기운.

한테 흔들어 보인다.

약혼을 한다고 모여 앉기는 했지만, 무엇을 어떻게 해야 약혼인지 알 사람도 없거니와, 분별을 할 사람도 없어, 음식상이 들어오도록 약혼반지는 태수의 포켓 속에 가서 들어 있었다.

그도 그럴 것이, 가령 결혼식이라면 명망가라는 사람을 청해 오든지 목사님을 모셔 오든지 했겠지만, 그럼 약혼식이니 명망가의 다음가는 사람이나 부목사를 불러 올 것이냐 하면, 그건 그럴 수야 없는 노릇이었다.

그래서 일은 좀 싱거웠고, 일이 싱거운지라 자리가 또한 싱거워 놔서, 전원이 모여 앉은 지는 한 시간이로되, 초봉이는 너무 오랫동안 고개를 숙이고 앉았기 때문에 충혈이 되어서 얼굴이 아프고, 형주는 장난을 못 해서 좀이 쑤시고, 태수는 장인영감이 될 정주사의 앞이라서 담배를 못 피워 입 안이 텁텁하고, 정주사는 인제 혀가 갈라진 줄도 모르고 귀한 해태표를 연신 갈아 피우면서 탑삭부리 한참봉더러, 옛날 우리 조선 사신이 상국(上國: 송·명)에 갔다가 글재주와 꾀로써 거기 사람을 혼내 주었다는 이야기를 하고 있으되, 자리가 자리인만큼 탑삭부리 한참봉이 거묵은 셈조간을…… 이런 소리를 하지 못하는 그 속이

고소했고, 탑삭부리 한참봉은 이렇게 심심하게 앉아 있으니 아이놈한테 맡겨 놓고 들어온 가게나 나가 보든지, 정주사와 장기를 한판 두든지 하고 싶었고, 김씨는 아랫목에 태수와 나란히 앉아 있는 초봉이를 보니 일찍이 내가 태수와 누렸던 자리에 인제는 네가 앉아 있구나 하는 시새움과 감개가 없지 못했으나, 일변 안팎으로 드나들기에 정신이 없었고, 그리고 형보는……

형보는 처음에는 와락 이 혼인을 훼방을 놀아 볼까 하는 궁리도 해보았지만, 훼방을 놀기가 어려운 것이 아니라, 그게 자는 호랑이를 불침 놓는 일이겠어서 생각을 돌려먹었다.

만일 태수와 파혼이 되고 보면, '이 계집애'는 도로 처녀로 제 부모한테 매여 있을 테요, 장차 어느 딴 놈의 것이 될지언정 형보 제가 손을 대기는 제 처지로든지 연줄로든지 어느 모로든지 지난한 일이나, 그러나 태수와 그대로 결혼을 하고 보면 얼마든지 기회도 있고 조화도 부릴 수가 있으리라 했던 것이다.

'오냐, 우선 너이끼리 시집가고, 장가들고 해라. 해놓고 나서 서서히 보자꾸나.'

형보는 아주 이렇게 늘어진 배포를 부리기로 했다. 그

는 꼭 이 처녀래야만 한다는 것은 아니었었다.

하고 나서, 그는 시치미를 뚜욱 떼고 앉아, 들은 풍월로 강 건너 장항(長項)이 축항까지 되면 크게 발전이 될 테고, 그러는 날이면 이쪽 군산이 망하게 된다고 태수한테 그런 이야기를 씨부렁거리고 있고…….

모두 이렇게 갑갑하기 아니면 심심한 참이었었다.

그런 중 김씨 하나가, 아무려나 처음부터 나서서 좌석도 분별하고, 이야기도 붙이고, 말하자면 서두리꾼 노릇을 하느라고 했는데, 반지 조건은 총망중에 깜박 잊고 있었다. 그러나 마침내 그놈 반지가,

'여보, 나도 한몫 봅시다!'

하는 듯이 출반주를 하던 것이다.

김씨는 섬뻑 어찌할 바를 몰라 어릿어릿한다. 그러나 그건 잠깐이요, 그는 혼자말을 여럿이 알아듣게,

"아따, 아무려믄 어떨라구!"

하면서 척척 걸어들어와 태수의 손에서 반짓곽을 툭 채어 가지고 (참말 아무래도 괜찮은 듯이) 처억 반지를 꺼내더니, 마치 요술 부리는 사람처럼 좌중에게 한번 높이 쳐들어 보이면서,

"자아, 이게 약혼반지예요……."

이렇게 통고를 한 후에 다시,

"……자아, 내가 끼워 주어요!"

선언을 하고는 초봉이의 왼손을 잡아당겨 무명지 손가락에다가 쏘옥 반지를 끼워 준다. 빨간 루비를 박은, 몸 가느다란 십팔금 반지가 초봉이의 희고 조그마한 손에 예쁘게 어울린다.

초봉이의 손은, 일제히 그리로 쏠려 가지고 제각기 감회가 다르게 바라보는 열두 개의 눈앞에서 바르르 가늘게 떨린다.

김씨는 반지를 끼워 주고 나니, 그래도 원 약혼이라는 게 이렇게 싱거울 법이 있으랴 싶었던지 잡았던 초봉이의 손목을 그대로 한번 더 번쩍 치들고,

"자아 인전 약혼이 다 됐어요!"

하면서 좌중을 둘러본다. 권투장에서 심판이 이긴 선수한테 하는 맵시꼴이다.

이렇게 해서 약혼이 되고, 이튿날인 오늘 아침에 정주사네 집에서는 태수의 기별이라면서, 탑삭부리 한참봉네가 보내는 돈 이백 원에다가 간단한 옷감이 들어 있는 혼시함(婚時函)을 받았다.

오늘부터 이 집은 그래서 단박 더운 김이 치닫게 우꾼

우꾼한다. 식구들은 초봉이만 빼놓고, 누구 하나 싱글벙글 웃기 아니면 빙긋이라도 안 웃는 사람은 없다.

바느질이 바쁘게 되었다. 혼인날은 단 엿새가 남았는데, 옷은 신부 것을 말고라도 집안식구가 말끔 한 벌씩 새로 해입어야겠으니 여간이 아니다.

그래서 저녁부터는, 그새까지는 남의 삯바느질을 하던 이 집에서, 되레 삯바느질꾼을 불러온다, 재봉틀을 새를 얻어 온다, 광목을 찢어라, 솜을 두어라, 모시를 다뤄라, 마구게 야단법석으로 바느질을 몰아친다.

그리고 계봉이는 아랫방 문 앞에 서서 승재더러 닭 쫓던 개는 지붕이나 치어다보라고 지천을 하고 있고…….

(큰글한국문학선집 053-2, 053-3 다음 권에서 계속)

큰글한국문학선집 053-1: 채만식 장편소설

탁류

© 글로벌콘텐츠, 2018

1판 1쇄 인쇄__2018년 07월 20일
1판 1쇄 발행__2018년 07월 30일

지은이__채만식
엮은이__글로벌콘텐츠 편집부
펴낸이__홍정표

펴낸곳__글로벌콘텐츠
     등 록__제25100-2008-24호
     이메일__edit@gcbook.co.kr

공급처__(주)글로벌콘텐츠출판그룹
     이사__양정섭   기획·마케팅__노경민   편집디자인__김미미
     주소__서울특별시 강동구 풍성로 87-6(성내동) 글로벌콘텐츠
     전화__02-488-3280   팩스__02-488-3281
     홈페이지__www.gcbook.co.kr

값 24,000원
ISBN 979-11-5852-192-9 04810
ISBN 979-11-5852-191-2 04810(세트)